衣食住行笑话

黄　巧　编

金盾出版社

内 容 提 要

笑话，具有语言诙谐、故事生动、短小精悍的特点，深受群众喜爱。本书精选436则有关衣食住行的笑话，让你读后忍俊不禁。

图书在版编目(CIP)数据

衣食住行笑话/黄　巧编．—北京：金盾出版社，2007.11
ISBN 978-7-5082-4747-2

Ⅰ.衣…　Ⅱ.黄…　Ⅲ.笑话-作品集-世界　Ⅳ.I17

中国版本图书馆CIP数据核字(2007)第153626号

金盾出版社出版、总发行
北京太平路5号(地铁万寿路站往南)
邮政编码：100036　电话：68214039　83219215
传真：68276683　网址：www.jdcbs.cn
封面印刷：北京精美彩印有限公司
正文印刷：北京天宇星印刷厂
装订：北京天宇星印刷厂
各地新华书店经销

开本：850×1168 1/32　印张：5.25　字数：92千字
2009年10月第1版第2次印刷
印数：10 001～16 000册　定价：9.00元

前　言

笑话，是民间文学中的一朵奇葩，具有语言诙谐、故事生动、短小精悍的特点，深受群众喜爱。在现代各种媒体中，笑话也占有一席之地，成为当今快节奏生活中的一种快餐文化，是令人开怀的重要谈资。笑，是人们生活中的润滑剂，笑能使人愉快，使人旷达，使人明智，使人年轻。本书作者黄巧女士是一位业余撰稿人，十多年来一直致力于文学创作，尤其酷爱笑话的撰写和整理，在《幽默与笑话》、《讽刺与幽默》、《喜剧世界》等刊物上多次发表笑话作品，深受读者喜爱，现选编了《衣食住行笑话》，奉献给广大读者。

本书选入的436则笑话，全是与人们日常生活关系十分密切的衣食住行的搞笑故事，让你读后忍俊不禁，回味无穷。

卡耐基说："微笑是友善的信号。"列昂诺夫说："笑声是世界上最好的维生素。"聂鲁达说："笑声给生活带来甜美。"读一读这本《衣食住行笑话》，定会给您的生活带来快乐！

编　者

目 录

“衣”的笑话

“食”的笑话

“住”的笑话

“行”的笑话

"衣"的笑话

愚蠢的男人

有一个女孩跟男朋友约会。虽然天气很冷，但她却故意没穿外套，想给男朋友一次表现的机会。

女孩说："今天好冷啊！我忘记穿外套了。"

只见她男朋友拉紧衣服，说："还好，幸亏我记得穿。否则就跟你一样——冷死了。"

挂了三年的时装

一位顾客问售货员："这件上装是不是最时髦的款式？"

"当然是现在最流行的时装，没有比这更新的款式了。"

"那么时间长了会不会褪色？"

"瞧您说的！这件衣服在这里已挂了3年了，到现在还不是崭新的吗？"

开什么玩笑

健美操教练："你来做操，应该穿宽松一点的衣服啊！"

胖姐："开什么玩笑？要是家里有宽松的衣服可穿，我就不必来参加这个健美班了。"

不认识了

有一个游泳教练，性格直爽，嗓门极大。一天，他在一家商场里购物，一个漂亮的女士向他打招呼。

他定睛一看，原来是他的一个学员，于是大声说："你穿上衣服，我都认不出你了！"

干洗店

艾美和丽丽到西班牙旅游，沉醉于当地文化之中，并尽情享受美食，不亦乐乎。

有一天，她们走进一家挂满漂亮大衣的店铺，随意试穿衣服，两个店主却以古怪的神情盯着她们，使她们感到很不自在。

终于，一位会讲英语的顾客动了恻隐之心，向她们解释："对不起，这是干洗店。"

回家拿睡衣

一天，一个小伙子到女朋友家玩，临走时突然下起倾盆大雨，女朋友劝他留下过夜，说完就去准备被褥。等她准备就绪走出来时，男朋友却不见了。

一个小时后，全身被淋得像只落汤鸡似的小伙子回来了，他的女朋友吃惊地问："你到哪里去了？"

小伙子上气不接下气地回答："我……我回家拿睡衣去了。"

新丈夫

一个女明星问另一个女明星:

"诺莎,好像你丈夫今天穿了新衣服?"

"不! 梦娜,那位是我的新丈夫。"

收拾衣服

丈夫在看晚报,当他读完一篇《女人的寿命比男人长》的文章后,便问妻子:"我真不知道为什么男人要比女人先走一步?"

妻子解释道:"总得有人留下来收拾衣服吧!"

换女朋友

在时装店,一位男士说:"我昨天在你们这里买了一件大衣,女朋友不喜欢,我想换另一件。"

"我敢发誓,你的女朋友一定是个缺乏品味的人。要知道,这可是当前最流行的大衣! 先生,如果你不介意的话,我倒有个好建议,你不妨把女朋友换一换。"售货小姐热心地提议说。

软　件

一位太太拿着一件新买的睡衣给搞计算机工作的丈夫看。

丈夫非常欣赏,赞叹道:"多么漂亮的软件啊!"

还想要皮大衣

一女士回家后，发现丈夫同保姆睡在一起。

为了摆平此事，丈夫答应给妻子买件皮裤子。为了表示改邪归正，丈夫还要赶保姆走。

妻子说："且慢，我还想要件皮大衣呢！"

时刻提醒

妻子对丈夫在经济方面卡得很紧。有一天，妻子回娘家了，丈夫以为可有机会出去花钱了。

他穿上最好的一件西装，并在口袋里掏着看看是否还有可花的零钱，忽然发现一张纸条，上面是妻子的笔迹："你为什么穿得这样整齐，你想干什么去？"

乱丢衣服

杰克带5岁的小弟去看电影，银幕上突然出现男女主角亲热的镜头：他们把身上的衣服一件件丢到床下。

杰克紧张地转过头去看小弟的反应，不过情况并没有他想象的那样糟糕。只见小弟不服气地说："哥！为什么他们可以乱丢衣服，而我就不可以呢？"

枯　等

一家女时装店里，一位先生枯坐着等太太试衣服。几小时过去，太太总共试穿了5套衣服，当太太再度从更衣室出来时，他说："很好，很好，这套衣服很合身，就买这套吧！”

“亲爱的，我们今天出门时，我穿的就是这套衣服啊。”太太不高兴地说。

也算节约

太太梨花带雨地说：“隔壁那个女人今天穿的那套衣服和我的一模一样。”

丈夫体贴地问：“你是想做一套新的吗？”

太太破涕为笑，撒着娇说：“总比搬一次家便宜吧！”

不要紧

男：“唉，你脸上的脂粉都快擦到我的上衣上了。”

女：“不要紧，我粉盒里的脂粉多着呢。”

老板的担心

一位穿迷你裙的小姐走进洗衣店，年轻的老板立刻直直地看着她。

这位小姐笑盈盈地对他说：“年轻人，做你自己的事吧！”

年轻的老板说：“说老实话，小姐，我是关心本店的名誉，你的裙子不是我们店洗缩水的吧？”

快脱衣服

模特儿进入画室，画家进去时，她正准备脱衣服。

画家连忙摇手制止：“今天免了，我头昏得很，浑身没劲，不想画了，你坐下，我们喝杯咖啡如何？”

模特儿：“好呀！”

这时候，熟悉的脚步声到了门口。

“噢，天呀！”画家从椅子上跳了起来，“我太太来了，你快去脱衣服，要快！”

内在美

一个小伙子打扮得非常时髦，去找女朋友。女朋友见他油头粉面，不男不女的，很是反感，于是不满地说：“我讨厌你这种外表的美，喜欢内在的美。”

小伙子一听，急忙解开外衣扣，指着胸前绣有牡丹花的绿色绒衣，说：“你看，我这里面也是很美的。”

见机行事

儿子：“爸爸，有个顾客问我们卖的衬衫缩不缩水？”

父亲：“他挑的那件衬衫合身吗？”

儿子：“不，大了点。”

父亲：“那你告诉他，衬衫缩水。”

我会热死的

男：“亲爱的，要是让我好好看看你的脸蛋儿，我就替你买一双黑貂皮手套；要是让我握握你的手，我就给你买一条银狐皮围巾；要是让我亲亲你，我一定给你买一条水獭皮披肩；要是让我……”

女：“够啦，够啦！我会热死的！”

净重25公斤

某男子家境贫寒，结婚时，没钱买内裤，他的母亲就用米袋给他做了一条。

新婚之夜，那男子脱下外裤，妻子当场昏倒。

原来，内裤前面写着：“净重25公斤，泰国产。”

死人不是我

两个砍柴人敲林中小屋的门：“您好。”

“您好。”屋主人回答道。

“我们刚才在林中发现了一具尸体，我们担心会是您呢。”

“什么样的人？”

“跟您的身材差不多。”

“是穿着红色法兰绒衬衫吗？”

“不是，是深棕色的。”

“那么说，谢天谢地，那不是我。”

不可思议

在一家美术展览馆里，有个女人站在一幅画像前面，那画画的是一个衣衫褴褛的流浪汉。

女人说：“真是不可思议，连买件像样衣服的钱都没有，却还能请得起人给自己画像？”

这样是第一次

画家迷惑地注视着模特小姐:“你是第一次在男人面前脱光衣服吗?”

“当然不是。可是男人不脱,只我自己脱,却是第一次。”

老板自己的

一天,尼克去一家服装店买衣服,左看右看也没有中意的。正欲离去,突然眼前一亮,发现在角落里挂的一件衣服很不错。便说:“老板,来这件。”

老板面露难色地说:“先生,这件是我自己穿的。”

太太的腰围

一位男士到超级商场为太太挑选一条裙子。

售货小姐问他:“您太太的腰围是多少?”

“不知道。”男士回答。

“不过,”男士凝神了一会儿,又说:“我家里有一台 20 英寸的彩色电视机,我太太站在它前面时,正好把整个屏幕全给遮住了。”

算　计

几个小伙子都非常喜欢莉莉,可是都碰了钉子。

后来有一天,汉克居然说他已约好了莉莉,而且显得很得意。他留下其他几人玩纸牌,自己则衣冠楚楚地扬长而去。

詹姆灵机一动，估计汉克差不多已到了莉莉家时，便打电话给莉莉。詹姆问接电话的莉莉："汉克在你那里吗？"莉莉说在，并问："叫他接电话吗？"

"不，不用了，"詹姆彬彬有礼地说，"麻烦你告诉他一下，请他马上把借我的衬衣送回来……"

便宜的大衣

有一位时髦女子走进一家皮货店，问售货员："有较便宜的皮大衣吗？"

"有的。"售货员回答，"袋鼠皮大衣比较便宜。"

"为什么呢？"女顾客精明地问道。

"哦！因为我们可以省下做口袋的材料和工钱啊！"

针锋相对

这是一对夫妻在旅馆的对话：

妻子："给我一些钱，我要去买一个乳罩。"

丈夫："买它干吗？看看你平坦的胸脯。"

妻子："那你穿内裤干吗？"

表　扬

甲："昨天，我的未婚妻当着众人的面表扬了我。"

乙："她表扬你什么？"

甲："她说我很有灵气，很会解决问题，袜子脏了不洗，翻过来又穿了一个星期。"

欣赏角度

美术馆里正在举行当代画展,参观的人络绎不绝。希斯小姐平时不接触美术作品,可今天她兴趣也来了。

她在整个大厅转了几圈后,在一幅充满时代气息的画前停了下来,仔细观察一番后,自言自语地说:“要是能见到这幅画的作者那该多好!”

正巧这幅画的作者就站在她的身边,一听她的话,便赶忙接口道:“小姐,我就是。”

“哦,太好了!”希斯小姐高兴地说,“你能告诉我画上这位姑娘穿的裙子是谁裁制的吗?”

女人如衣服

某人和朋友在讨论“如何看待兄弟和妻子”的问题时,毫不犹豫地说:“兄弟如手足,女人如衣服。谁穿了我的衣服,我砍他的手足;谁动了我的手足,我穿他的衣服!”

皱衣服

裸奔的潮流也影响到了老人院。

一天,70 岁高龄的约翰太太对同伴说:“今天我要裸奔,看看那些老头子会说些什么。”

一群老头正在花园里下棋,这时,约翰太太从他们身边裸跑而过。

一位老头看了她一眼,说:“约翰太太真不像话,这么皱的衣服,也不烫一下就穿出来了。”

我奶奶付款

漂亮女人:“这种布料怎么卖?”

男售货员:“一尺一个吻。”

漂亮女人想了想,说:“好吧,我要10尺。”

女人把布料装好,然后对售货员说:“我现在打个电话,叫我奶奶来付款。”

做女人的滋味

一架客机正在飞行中,忽然被一股气流冲击,乘客们慌作一团,以为世界末日即将来临。一位年轻漂亮的姑娘站起身来,鼓足勇气向大家说:“各位男性乘客,你们谁能在我死之前让我尝试一下做女人的滋味?”

话音刚落,他后座的一位男士站起来说:“我来!”说罢小伙子把衬衫脱下来,露出健壮的肌肉,年轻的姑娘害羞而赞赏地望着这位英俊的男士,想象着他的下一步行动,只见那个小伙子把衬衫扔给姑娘,命令道:“熨平它!”

上当的老公

妻子问当总经理的丈夫:“听说你招了一个女秘书,是吗?”

丈夫:“是的。”

妻子:“她漂亮吗?”

丈夫:“漂亮。”

妻子:“她工作认真吗?”

丈夫:“非常认真。”

妻子："她口才好吗?"

丈夫："很好。"

妻子："她穿衣服快吗?"

丈夫："非常快!"

误会

杰姆参加同学集会时，带着一只青肿的眼睛走进来，大伙儿好奇地问："发生什么事了?"

"上午我穿长裤的时候，裤子上的一个纽扣掉了，你们知道我是个单身汉，家里根本没有针线，于是我就到隔壁请雷太太帮忙……"

"一定是她以为你要轻薄她，所以给了你一拳。"

"不！雷太太心地很好，她马上拿出针线帮我把扣子钉上，但就在她弯下身子准备咬断线头时，雷先生突然回来了……"

倒霉的IT小姐

有一小姐在IT企业工作。一天早上，天气特别好，小姐正全神贯注地工作，裙子被抽屉夹住了都没有察觉。当她起身的时候，裙子"嘶啦"一声撕破了。

同事们都闻声望来，小姐连忙拿起身边一份IT杂志遮住下面。不料，同事们竟哄堂大笑，原来那份杂志的封面是在线游戏广告："超大容量，可同时容纳10万用户。"

小姐又拿起另一份杂志，同事们再次哄笑。这份杂志的封面是杀毒软件："小心病毒。"小姐快气昏了。

当她拿起第三份杂志的时候就气昏过去了。这份杂志是一本硬件杂志，封面是U盘广告："即插即用。"

小姐在迷迷糊糊中就随手拿起了第四本杂志盖上去，醒来的时候一看，是一本导购杂志，上书：“三折大优惠！”结果再次晕倒。

自画像

两位朋友参观画展。在一位名画家的一幅自画像前站着许多观赏者。其中一个朋友长久地注视着这幅画，惊奇地说：

“你看他的手插在大衣口袋里，怎么能自己画自己呢？”

一根黑线头

小姐：“这是我前天在这里买的内裤，太小了，我没有穿过，我要求换一条大号的。”

售货员：“没有穿过？那这条白内裤上怎么会有一根黑线头？”

献 计

妇女甲：“我丈夫只关心足球，你看，我怎样才能将丈夫的注意力从电视机上转到我身上来呢？”

妇女乙：“穿透明的衣服吧。”

妇女甲：“要是这也不奏效呢？”

妇女乙：“那就在衣服上再贴个号码。”

不禁止脱衣服

坐在岸边钓鱼的男人对正要下水游泳的姑娘们喊道:“这个地方不准游泳!”

“可是刚才我们脱衣服时你为什么不告诉我们?”一个姑娘问。

“这个地方并不禁止脱衣服!”钓鱼人答。

化学迷

一对男女青年正在恋爱中。男的正在攻读化学,非常用功。在公园里,别的爱侣都在谈情,他却常常在草地上给女朋友写化学公式,女朋友非常失望。

女朋友为了引起他的注意,一天特地穿了件鲜艳的花衣裳。一见面,他果然以欣赏的眼光看着女朋友的衣裳,大声说:“这衣服真美。”

女朋友想:“好不容易才使他动心了。”可是,没料到他紧接着说:“上面画的尽是令人向往的苯圈。”

脱光衣服后

老婆打麻将至凌晨回家,为了不惊醒丈夫,她在客厅里脱光了衣服再进卧室。

这时,恰遇丈夫醒来,见了大怒:“太过分了! 你竟输得精光?”

讲究包装

弟弟和妹妹都到了爱漂亮的年龄,对身上的衣着很讲究。但是妈妈常为妹妹添购新衣,而忽略了弟弟。

为此,弟弟很不开心,说妈妈偏心。而妈妈却有她的理由,说:"外销的东西,要特别讲究包装。"

小姐与小狗

一小姐浴后未穿衣服,一小狗跟来跟去。

小姐心想:"不就是没穿衣服嘛,用得着跟来跟去吗?"

小狗心想:"不就是两个肉包子嘛,用得着挂那么高吗?"

新郎的西服

裁缝:"先生,您做这套西装,有什么特殊要求吗?"

新郎:"只请你做认真点,这是我结婚用的。"

裁缝:"那最好改一下设计。还要在西服上加个让太太找不到的暗兜,能放存折什么的。"

经理过生日

经理甲与经理乙是好朋友,一天,他俩聚在一起。经理乙见经理甲神情沮丧,便问发生什么事。

经理甲叹气道:"昨天是我的生日,我的女秘书请我去她家给我庆祝生日。"

"那不是很好吗?"

“到了她家，她让我在客厅先等一会儿，5 分钟后再进里屋找她。说要给我一个惊喜。”

“你交上桃花运了！”

“我当时也是这么想的。可 5 分钟后我走进里屋，发现她和其他职员都在里面，捧着生日蛋糕等着我呢。”

“这也不错呀，你的职员都很爱戴你，你应该高兴才是啊。”

“可我是脱光了衣服之后才进去的……”

捎衣进城

林肯在斯普林菲尔德担任律师期间，有一天他步行去城里。当一辆汽车从他身后开过来时，他喊住驾驶员，问：“能不能行个方便，替我把这件大衣捎到城里去？”

“有什么不能呢？”驾驶员回答说，“可我怎么让你重新拿到大衣呢？”

“哦，这很简单，我打算裹在大衣里头。”

半夜穿起衣服

先生在睡前喝了一些酒，觉得头脑发晕，便先去睡觉。睡到半夜，先生突然起床赶紧穿好衬衫、裤子。

“你半夜起床穿衣服要去哪？”太太莫名其妙地问。

“我要赶快回家去。”先生本能地回答道。

丢人现眼

汤姆：“上个周末我收到一张化装舞会的请柬，结果却很尴尬。”

杰瑞:“怎么回事?”

汤姆:“请柬上特别注明只准戴面具入场。”

杰瑞:“你的面具不好吗?”

汤姆:“不是,我戴的面具很奇特,可别的人都还穿着衣服!”

狐狸精围巾

一位女顾客投诉商店老板:“你们出售的产品太差劲了。我花了100美元买了一条狐狸皮围巾,只遇上一点小雨,黑色就变成灰白色了。”

商店老板说:“啊,狐狸精真厉害,做成了围巾还能变化呢。”

不能撕坏衣服

一位拥有性感身段的女星正准备去拜访制片人,她的朋友警告她:“那家伙是有名的大色狼,你得当心,假如你单独和他在屋里,他可能会从背后把你的衣服脱掉!”

结果女星答道:“谢谢你的提醒,那我得回去换一件背面开衩的衣服。”

放空炮

炮兵军官焦姆对妻子许愿说:“我今年一定给你买一件最贵、最好的皮大衣。”

妻子生气地说:“这话你都说过100遍了,满嘴放空炮。”

焦姆一听急了:“谁说我放空炮?”

“不放空炮,那你的炮弹都打到谁的阵地上了?”妻子大声说。

一丝不挂

两个朋友领到工资后决定去喝酒。

其中一人有些担心:“我的妻子很厉害,很可能不让我进家门。”

另一个人说:“我喝醉了回家,先在门外把衣服脱光,再按门铃。当妻子打开门,我赶紧把衣服扔进屋里。她看到我一丝不挂,便立刻让我进家门。”

第二天,两人又相遇。

“喂,昨天你妻子怎么对待你?”

“哎,别提了! 我按你说的,走到门口,脱光衣服,门开了,我把衣服扔进去,这时听见门里传来声音:‘请注意,现在关门。下一站是人民广场。’”

洗错衣服了

张亮去水房洗脸,看见师兄黄欢正对着一盆衣服猛搓,洗得大汗淋漓……

张亮洗漱完毕准备离开时,发现师兄已转战到另一盆衣服旁边,同样搓得很卖力。

当时张亮简直把他当偶像了,一下子洗两盆衣服,够狠!

刚想上前表扬两句,不料黄欢哭丧着脸说:“刚才洗错衣服了……”

欣赏飞机跑道

在公共汽车上，一位摩登女郎穿着一件低胸衣服，并戴着一条镶有飞机的项链。一位年轻的男士上车后，便目不转睛地注视着颈链上的那架飞机。

女郎禁不住好奇地问：“先生，你喜欢这项链吗？”

那男士回答说：“喔！不是，我只是在欣赏飞机跑道罢了。”

会长大的童衫

母亲为孩子买了一件童衫，发现越洗越大，便去找商店老板评理。

商店老板满脸堆笑地说：“我们店里出售的童装，是能和孩子一起长大的。”

有　病

一个贵族小姐马上就要结婚了，母亲对她说：“当度蜜月上床时，不应该马上将所有的衣服都脱掉，要保持一点矜持。”

度完蜜月回来后，新郎问他的岳母：“你们家有没有人精神不正常的呢？”

“没有啊！怎么回事？”

“在我们度蜜月时，你女儿每天夜里都带着帽子睡觉。”

为您的裤子着想

汤姆 17 岁时就长得和他父亲一样高了，因而每逢他想和朋友们晚上外出时，就借父亲的衣服穿。

一天晚上汤姆走下楼准备出去，父亲在客厅里叫住了他。父亲上下打量着汤姆穿的衣服，然后很恼火地说："你系的领带是我的吧，汤姆？"

"是的，爸爸，是你的。"汤姆回答道。

"而且你还扎着我的皮带。"父亲说。

"是的，我扎着您的皮带，爸爸。"汤姆回答道，"您不希望您的裤子掉下来，不是吗？"

我们的裤子

妻子正在对丈夫大声数落："我现在终于认识你了，你是个自私自利的家伙！你张口闭口总是我的妻子，我的油画，我的工资，我的……好像家里没有一样东西不是你的。你记住，你如果不改掉这个坏毛病，我就跟你离婚……喂，你在柜子里乱翻什么？"

"我……我在找我们的裤子。"丈夫回答。

补裤子

妻子："昨天晚上你睡觉以后，我把你裤子口袋里的破洞补好了。你说，我是不是一个很体贴你的人呢？"

丈夫："那当然！你一直对我很体贴。可是，你是不是可以告诉我，你是怎么发现我的裤子口袋破了一个洞的？"

扣纽扣

上校特别在乎士兵的仪表是否整齐。

一日，他见到一个士兵犯规，立即吼道："过来！我问你，上衣口袋没扣上该怎么办？"

受惊的士兵说："报告长官，应该把纽扣扣上！"

"很好，那还不快动手？"

"是，长官！"士兵战战兢兢地把上校的上衣口袋的纽扣扣上了。

一步裙

一天，有一个非常时髦的漂亮小姐走在大街上，那天她穿着刚刚买的一步裙。她想让街上的人都注意她，所以一步一步地走得很慢。突然，她发现上班要迟到了，于是赶紧到公交车站，可那天人很多，都在等车。

公交车终于来了，她马上站在前面。可是她上不了车，没有办法，她只好解开后面的一颗扣子，可还是上不了，她又解了一颗！唉，还是上不了！后面的人都等急了，这时，她身后的一个男子帮她解了一颗。

小姐立即给了那男子一个耳光，然后说："你不活了，敢动我！"

那男子摸着自己的脸，说："唉，小姐，你解了我两颗，我都没有说你，我好心帮你解了一颗，你竟然还打我！"

两截的泳衣

海滨浴场负责人含蓄地对一个穿三点式的美女说：

“我们这里不允许穿两截的泳衣。”

美女说:“好啊,那你看我去掉哪截更好呢?”

勒紧裤腰带

乞丐:“我饿得肚子都瘪了,请给我点儿饭吧!”

行人:“你还是勒紧裤腰带吧。”

乞丐:“那你给我裤腰带吧!”

内　衣

夫人对保姆说:“这件内衣给你吧,我丈夫说不喜欢。”

保姆:“不用了,夫人。老爷说这件对我不合适,所以才给了夫人。”

手套与内裤

一个小伙子要为新交的女友买一件生日礼物。他们交往时间不长,所以小伙子经仔细考虑,认为送一副手套最恰当不过——浪漫,又不显得过分亲昵。

在女友的妹妹陪同下,他去百货连锁店买了一副白色的手套。女友的妹妹也给自己买了一条内裤。售货员包装时把两件物品弄混了,结果女友的妹妹拿了手套,给女友的礼物变成了内裤。小伙子没有检查包装的东西,封好后寄给了女友,并附上一纸便条:

亲爱的:

我选了这件礼物,因为据我留心观察,你晚上和我出门时总是不用它。要不是你妹妹当时在场的话,我本来会选长的,有扣子的那种。可是她用的是短的,容易脱下来的那种。它的色调非常浅,不过卖货的女士让我看她用的同样的东西,已经三个星期了,一点都不脏。我让她试了试你的,她看上去靓极了。

不要反穿衣服

有个人骑摩托车喜欢反穿衣服,他认为扣子在后边可以挡风。一天,他酒后驾车,翻了,一头栽在路旁。警察赶到。

警察甲:"好严重的车祸。"

警察乙:"是啊,脑袋都撞到后面去了。"

警察甲:"嗯,还有呼吸,我们帮他把头转回来吧。"

警察乙:"好……一、二、三,使劲,转回来了。"

警察甲:"嗯,没有呼吸了……"

皮　衣

乘电梯时,一个男人讶异地发现电梯里有个全身赤裸的女人。

女人白了他一眼,说:"你看什么? 有什么好看的!"

"哦! 我只是想说,我太太也有一件这样的皮衣。"

超短裙

一摩登女郎走进某商场超短裙专卖柜台,试一条嫌长,再试还是嫌长,试了许多条都不合适,随即面露愠色。旁边一卖货的小伙子一直关注着这一幕,最后实在忍不住,于是对小姐说:"小姐……没合适的是吧,我这有,肯定合适……"

女郎闻听大喜，急奔其柜台前问："是吗？你卖啥样的？快拿出来！"

小伙子正色道："裤腰带行吗？"

老人年金

有一个年纪比较大的阿公去领老人年金，结果忘了带证件……

小姐问阿公："您又没有带证件，我怎么知道你多大呢？"（阿公头发掉光了，也看不出多大年纪来）

阿公说："我有胸毛，胸毛全部白了，可以证明我年龄很大啦！"

他就脱衣服露胸毛给小姐看，小姐就给了他老人年金。

阿公回去就很骄傲地和太太讲："看！我今天多机智啊！脱衣服给小姐看我的胸毛以后，她就给我老人年金了！"

结果他太太不屑地对他说："你应该脱裤子给她看，你还可以领'残障年金'呢！"

正在寻找妻子

耐克不注意仪表修饰，衣着很邋遢。有一天，老板生气地对他说："下次来上班，一定要先让你妻子把你衣服上的扣子钉齐！"

被老板教训后，耐克不来上班了。

几天后，老板在街上遇见耐克，问他为何不来上班。耐克满脸愁容地说："我正在竭尽全力寻找一个妻子。"

不怕冷的模特

为了成为下次画展中作品的模特，某姑娘在寒冷的画室中脱掉衣服让画家作画，但终于耐不住冻打了一个喷嚏。画家很过意不去，说：“对不起，冻感冒了吧？”

“没……没关系，我想，维纳斯恐怕更冷。”

唯恐太迟

一个保姆手拿一个纸盒在路上狂奔，警察向她喊话：“站住！盒子里是什么？”

保姆：“是一件时装。”

警察：“哪里来的？”

保姆：“新衣公司做的。”

警察：“到哪里去？”

保姆：“回家送给小姐。”

警察：“为什么要狂奔。”

保姆：“迟了，恐怕式样又嫌过时了。”

女同事换衣服

刚参加工作时，大家讨论一个问题：当你推门进去，发现女同事正在换衣服，而且你什么都看到了，她也发现你了，你必须说一句话，你会说什么？大家议论纷纷：

“哥们，快点啊，我要拿件东西。”然后出去。

“哥们，你胸肌很发达啊，怎么练的，等会跟我说说。”然后退下。

“一个人都没有啊，我还想找小王去打桌球呢。”说完，走了。

“哥们，你皮肤真好，整个单位除了××，就是你了，不过人家是女的啊。”（××就是换衣服那人）说完，走人。

“哟，你这身衣服好啊，穿了和没穿一样啊。”说完赶紧走人。

“谁把挂衣服的模特放在办公室里？我找他去。”说完，关门。

“哟，你衣服上的图案真好看，还有两颗红豆。”说完，走人。

“叫你换衣服关门，就是不听，怎么样，被我看到了吧。”说完，再看几眼，走人。

“身材真是不错，漂亮啊，就你这身材，比舒淇还好。”说完，再露出赞赏的目光，走人。

“××，我什么都看到了，幸福啊。”（××是换衣服那人的好姐妹）

“我帮你关门。”说完，把门关上，自己在里面，看着她把衣服穿上。那是红色。

“没人啊，我也换衣服了。”说完脱衣服，但是为什么要加“也”，女同事很怀疑，迅速穿衣服。那人是小胖。

“我……我……”两眼直了，口水流下来了，声音发抖了，看着她把衣服穿上，那是老 Q。

“我走错房间了。”然后迅速关门，走到外面，透过窗帘的缝隙往里看，那是火鸟。

“砰”，一个人倒在地上，鼻子流着血，嘴唇不停哆嗦，全身血液集中到一个地方，那人就是蛋黄。

换内裤

适逢连日阴雨，突击队行动缓慢，士兵疲惫。眼见士气低落，上尉大声喊道："弟兄们，我有两个消息要宣布：一个好消息，一个坏消息，你们想先听哪一个？"

"先听好消息。"士兵们的叫声此起彼伏。

上尉清了清嗓子，说道："天公不作美，大伙儿雨中行军，很是艰难，很多弟兄的内裤都磨破了，尽管目前军需供应非常紧张，但是上面还是决定想办法给大家换条内裤！"

"哦！哦！哦！"士兵们把帽子扔向空中，互相拥抱欢呼。

过了一阵，士兵们安静下来，纷纷问道："坏消息呢？"

"戴维，你和山达换！杰克，你和彼得换！亨利，你和汤姆换！……"上尉命令道。

可恶的同事

一天下午快下班了，二楼的男士突然听到楼下大喊："阿丽，你怎么没穿衣服？"

阿丽是公司的第一美女，公司实行穿工装制，阿丽有事早把工装换掉了，她明明穿着衣服，可同事们这么大叫大喊的，她只好红着脸逃出公司大门。

打赌脱衣服

小明天性好与人打赌，而且好说不良词语，他老爸对此非常担心，生怕儿子长大会成为一个赌徒，于是打电话给小明的漂亮女老师，老师答应明天放学后将小明留下来开导开导。

第二天放学后，老师将小明留下来开导。小明听后说："好吧，老师，那我最后跟你赌一次，若我输了，以后决不再跟人打赌……"老师答应了。

小明:“老师,我打赌1 000元,你不敢把衣服脱光。”

老师看四下无人,决定给小明留下一个深刻的教训。于是她就把衣服脱光了。小明看了看,把1000元拿给老师,然后低着头,一言不发地回家了。

晚上,老师自豪地打电话给小明的父亲,说她已让小明改正了打赌的恶习。

“未必喔,老师!”小明的父亲说,“小明昨天晚上和我打赌5 000元,说你会把衣服脱光给他看。而我也躲在教室后面,最后证实是我输了。”

单数和复数

老师:“尼克,你懂得单数和复数了吗?”

尼克:“懂了。”

老师:“那你说说看,‘裤子’是单数还是复数?”

尼克:“上面是单数,下面是复数。”

深谋远虑

妻子:“你干吗穿上我的衣服,脑筋有毛病啊! 被其他旅客看见了像个什么样子,赶快脱下来。”

丈夫:“嘘,安静些! 你不是也知道吗,船沉了都是先救女乘客的呀!”

看别人换衣服

一群士兵决定下午去海边玩。其中一个人以为那里有换衣服的地方,所以没穿游泳裤就去了。可到了海边,他才发现自己错了,于是他急忙溜回车内换衣服。

在他往游泳衣里钻时，发现沙滩上有一个女的一直目不转睛地盯着他。这位士兵感到自己的隐私受到了侵犯，于是恼羞成怒地直奔那个女的而去。

"你总是这样盯着看别人换衣服吗?"

"你总是这样在别人的车里换衣服吗?"她反问。

穿了别人的上衣

老师:"如果你一个口袋里有 6 美元，另一个口袋里有 20 美元，那你得到了什么?"

学生:"穿了别人的上衣。"

外套是什么做的

老师:"我们从羊身上得到了什么?"

学生:"羊毛。"

老师:"那我们可以用羊毛做什么?"

学生:"不知道。"

老师:"你身上的外套是用什么做的?"

学生:"是我爸爸的旧外套改做的。"

不敢放肆

女:"你送我 200 元钱一件的衣服，简直就是对我的一种侮辱，我不接受。"

男:"那你想要怎样的呢?"

女:"起码买件 1 000 元的。"

男:"抱歉，就算我吃了熊心、豹子胆，我也不敢一下侮辱你 5 次。"

紧身服装

顾客:“请问有紧身服装吗?”

店员:“什么款式的?”

顾客:“能把人身上的部位都突现出来,使人看上去有棱有角的。”

店员:“你最好到对面的粽子店里看一下。”

比基尼泳装

一个动荡的南美国家传出一则故事。

一人问:“比基尼泳装和我们的政府有什么不同?”

另一人答:“没有什么不同。每个人都知道它维系的是什么,但每个人都希望它维系不住。”

代沟

老太太想让孙女高兴,便对她说:“明天我要去巴黎,想给你买一条裙子,不知你喜欢什么款式的?”

孙女回答:“奶奶,这很容易,您到了时装店,您把您觉得最讨厌的买下来就是了。”

劝诫

宴会上,一位女士穿得太露了,让周围的人尤其是先生们感到很不自在。于是教皇约翰决定对那位女士进行劝诫。

他挑了一只红苹果递给她,说:“请夫人品尝一下这只禁果吧！”

夫人问为什么给她吃禁果。

教皇回答说：“夏娃只是因为吃了禁果以后才意识到自己是赤身裸体的。”

小声点

儿子：“爸爸，老师告诉我们，许多动物每年冬天都要换新皮袄！”

爸爸：“嘘，小声点，你妈妈就在隔壁！”

随你选择

一个妇人向旅行社打听怎样参加旅行团。因为航空公司要知道乘客的体重，所以旅行社的服务员便问她：“请问你有多重？”

“穿衣服还是脱掉衣服？”

“那要看你是穿着衣服搭飞机，还是不穿了。”

孩子的推理

两个孩子参观艺术博物馆，来到罗丹的《沉思者》雕像前。

一个孩子问：“不知道他在想什么？”

另一个孩子说：“他也许在回忆自己把衣服忘在哪里了。”

泳装

在去佛罗里达度假之前,一个女大学生买了件比基尼泳装。她穿上后问母亲:“你觉得怎么样?”

她母亲默默地看了一会,说:“如果我在你那个年龄就穿这种泳装,你至少要比现在大4岁。”

我不敢偷看

爱因斯坦出席一个为他而举办的宴会。爱因斯坦夫人由于感冒未参加。宴会仪式非常隆重:绅士们都打白领带,女士们要穿裸肩的礼服。

宴会结束后,爱因斯坦回到家里,他夫人急于知道宴会的盛况。爱因斯坦一五一十地告诉她说,今晚有若干位著名的科学家出席等等。夫人打断他的话,说:“我想知道太太们穿什么衣服!”

爱因斯坦答道:“我真的不知道,在桌面以上的,她们未穿什么;在桌面以下的,我不敢偷看。”

衣服缩水

甲:“你能告诉我夫妻和睦的秘诀吗?”

乙:“很简单。当她发福的时候,你不要说她胖了,而应该说衣服缩水了。”

丈夫发火

丈夫正在找毛料裤。

妻子:“我洗了一下小了,送给我大弟弟了。”

丈夫又去找格子衬衫。

妻子说:“我洗了一下小了,送给我小弟弟了。”

丈夫大怒,说:“你把我也洗一下,送给你妹妹吧!”

中国书法

汤姆和妻子到中国旅游,妻子被中国餐馆的手写菜单上优美的书法迷住了。她把菜单带回家,花了几个月的时间织了一件毛衣,把中国字织在胸前。

一天,她穿着这件毛衣参加一个酒会。一位中国医生问她:“你在哪里搞到这个图样的,你知道这些字是什么意思吗?”。

她说:“在中国。你告诉我是什么意思。”

医生小声说道:“价廉物美。”

陪老婆看脱衣舞

林先生是个出名的花花大少,在T国住了两年多了,前不久太太也移居到了T国。一天,太太生日,要求林生带她到脱衣舞场去开开眼界,林生被缠得没法子,只得照办。

当他们来到脱衣舞场的大门口时,侍者立刻彬彬有礼地说:“林先生,欢迎光临!”林先生紧张地制止,而林太太却怒目而视。

走进脱衣舞场里,领班过来问道:“欢迎,林先生,是不是还坐老位子?”林太太气得脸色发青。

这时,表演正好开始,脱衣舞娘扭动着腰肢随着音乐的节奏,把身上的衣服一件一件地脱下来,娇声喊道:“这一件是谁的呢?”

“当然是林先生!”几个客人异口同声地说。这时,林太太气昏过去了。林先生连忙抱起她,坐上计程车。

林太太突然清醒过来,气得大骂道:“你是个骗子、混蛋!”

计程车司机听了,转头说:“林先生,你今晚找的这个妞儿很泼辣喔!”

超短裙

一年轻姑娘坐在一个算卦人面前,想了解自己的前程。

算卦人说:“你左腿上长有三个黑痣。”

“是的。”

“你右腿上文着一个‘T’字。”

“啊,那是汤姆留下的纪念。”

“你右腹还有一个伤疤。”

“那是做盲肠手术时留下的。你这卦真神了,怎么什么都知道?”

算卦人不慌不忙地说:“姑娘,下次穿裙子要穿长一点的……”

假　如

妻:“我常想,假如我做了男人就好了。”

夫:“为何?”

妻:“我在绸缎店里,看见了好的衣料,就想:我若是男人,一定买回去给老婆,不知她怎么快活呢!”

夫:“?”

语惊四座

夫妻俩在回家度假的最后一天,丈夫对妻子说,他还要去打最后一场高尔夫球。为了做好临行前的各种准备,妻子从早晨起来就忙了个不亦乐乎。但最糟糕的是丈夫叫她等他打完球回来换下身上的脏衣服以后再洗衣服。

时间一小时一小时地过去,妻子不洗好衣服就不能装箱,而丈夫不回来妻子就不能洗衣服。不难想象,等到亲友们都来给他们送行的时候,妻子将陷于洗衣服和装箱的忙乱之中,根本无法好好地和亲友们作一番临别前的交谈。

果然,丈夫打完球走进门口的时候,前来送行的亲友们都已经来了。妻子对丈夫脱口而出的第一句话,把亲友们都吓傻了。原来这句话是这样说的:"快快把你身上的衣服都脱掉,我已经等了你大半天了。"

夫妻对话

女:"男人需要女人,就像女人需要男人一样。"

男:"男人需要女人是为什么呢?"

女:"如果这个世界上没有女人,谁来给你的裤子缝扣子呀?"

男:"如果这个世界上没有女人,谁还需要裤子来干什么?"

少妇巧答

公共汽车上,有位中年男子见身边坐着一位美丽的少妇，很想和她搭话。他见少妇穿着一双肉色丝袜，便问道："对不起，请问您这双丝袜是在哪儿买的？我想给我太太也买一双。"

少妇冷冷地看了他一眼，说："我劝你最好别去买，穿着这种袜子，不三不四的男人都会寻找借口跟你太太搭腔的。"

“食”的笑话

不用消毒

顾客:“你们这餐具是不是总也不消毒?”

侍者:“这些餐具从来没有装过毒品,消什么毒呀!”

随和的保姆

女主人问新来的保姆:“告诉我,姑娘,你喜欢鹦鹉吗?”

保姆:“别担心,主人,我什么都吃,一点儿都不挑剔。”

恋人吃饭

一对恋人到一家餐厅吃饭。

他们互相深情地瞧着,只见男的说:“你太甜了,我真想把你吃掉。”

“你太帅了,我也想把你吃了。”女的接着回答。

站在一旁的侍者咳嗽了一声,问道:“那么,你们还需要喝点什么?”

以吻充饥

妻子:“新来的保姆把饭烧焦了,吃不成了。我想,今天用接吻来代替吃饭吧。”

丈夫:"这个主意不错,你快把保姆叫来吧。"

一块鲸鱼肉

一个公司职员刚领到薪水,便带着太太上一家豪华餐馆吃了一顿。吃罢饭,他叫老板结账。算账时,他说:"一杯酒要这么多钱呀?"

老板说:"本店一杯酒是按一瓶酒计价的。其他东西也是这样。"

太太听了这话脸色顿时变得惨白。丈夫吓坏了,忙问:"你这是怎么啦?"

太太回答:"我刚才吃了一块鲸鱼肉!"

不可能

一个绅士去喝咖啡,刚喝了两口,就发现杯子里有一只苍蝇。

"喂,侍者,"绅士叫道,"咖啡里怎么有苍蝇!"

"苍蝇?绝对不可能!"侍者说,"老实对您说,在给你端上来之前,我已把所有的苍蝇都捞出来了。"

转移注意力

西餐馆经理:"今天你们要打扮得漂亮些,知道吗?"

女招待:"为什么?有大人物要来吗?"

经理:"不,今天的牛排特别不好吃。"

抵　押

顾客:"对不起,这顿饭钱我付不了,因为我忘了带钱包了。"

餐馆老板:"没关系,请把你的姓名写在墙上,你下次来时再付好了。"

顾客:"这可不行,别人都会瞧见我的名字。"

餐馆老板:"把你身上的大衣脱下来挂到墙上,不就可以遮住了吗?"

野　鸭

一人到饭店吃饭,他问侍者:"你们这里有烧野鸭吗?"

侍者想了一会儿说:"没有野鸭,不过,我可以捉一只家鸭,把它逼疯后再烧给你!"

烤好的乳猪

有位先生参加户外烧烤会餐,幸运地发现自己的座位刚好在烤乳猪的旁边。他兴奋地叫道:"啊!真幸运,我的座位在猪的旁边。"

他猛一转眼,发现身边坐着一个胖女人,正瞪着他,于是他立刻更正,抱歉地说:"我是指烤好了的那只。"

爱面子

一对男女走进一家餐馆,男的细长,女的肥胖,坐定后男的要了一份大牛排,女的要了一杯芒果汁。

服务员瞧见他们，开玩笑说："你们这样吃是对的。"

"不，"男的摇摇头说，"我太太爱面子，我们在家约好，每次上馆子，我叫她那份，她叫我这份。"

热情的侍者

一位顾客走进咖啡馆，要了一杯咖啡。侍者拿来咖啡，又递上了刀叉，却没有汤匙。顾客对侍者说："我用手指搅拌，恐怕这咖啡太烫了吧？"

"对不起，对不起。"侍者说着，忙走进厨房。一会儿，他又端来一杯咖啡，对顾客说："先生，这杯咖啡不太热。"

酒喝完了

一位男子接到一位心情懊丧的朋友的电话："我遇到了真正的麻烦，你快来。噢，别忘了带酒来。"

这位男子便带着酒匆匆赶到朋友家。一进门便问："出了什么事？"

"我的酒喝完了。"朋友说。

丹麦人

在巴黎郊区的一个小咖啡馆里。一个顾客一杯接一杯地喝着白兰地。坐在他旁边、面前放着一杯柠檬汽水的人忍不住地说："对不起，您知道吗，3 个法国人中就有一个因为酗酒而得肝病的。"

"这和我没关系，我是丹麦人。"

胜利者

一位顾客要了一只大螃蟹。菜上来时发现少了一只脚。

老板来解释:“一只螃蟹8只脚,只是,先生,这只螃蟹少了一只脚,要知道螃蟹横行霸道蛮不讲理,它们打架时打掉了一只脚……”

顾客说:“那么请调换一下,劳你把那个打架打胜的螃蟹端上来。”

爱的程度

一对恋人走进一家高级餐馆,坐定后女的拿起菜单看起来,发现爱吃的菜都在高档栏里,她便问道:“你到底爱我爱到什么程度?”

男的打量着菜单回答:“我看超过咸牛肉,不过还没到烤龙虾呢。”

各有原因

两个男人在饭馆里边吃饭边聊天。

甲:“我不得不在这儿吃饭,因为我妻子不喜欢做饭。”

乙:“您真幸运。我之所以在这里吃饭,是因为我妻子一定要亲自做饭。”

无法奉告

在宾馆餐厅,顾客问服务员:“你能告诉我,你们餐厅的桌布多长时间换一次吗?”

服务员回答:“很抱歉,我无法告诉你,因为我到这里工作才 3 个月。”

小 心

饭店总管来到餐厅,对众多客人不安地说:“对不起,厨房领班要我跟客人们说一声,他希望你们嚼东西时要小心一点——他的隐形眼镜片掉了……”

招牌菜

一位不懂法语的女游客到法国度假。她走进一家饭馆,侍者立即递上菜单,她不好意思说不懂法语,只好胡乱地指着上面一行字说:“就来这个吧,我想它一定是你们的招牌菜。”

侍者非常吃惊,说:“这是我们的老板。”

不会咬人

餐厅里,一个食客突然大叫:“这汤里怎么有一只蚊子呀!”

侍者过来安慰食客说:“你别害怕,汤那么滚,蚊子早就死了,不会咬人了!”

你喝过吗

顾客:“服务员,你这汤喝起来简直就像洗锅水的味道。”

服务员:“你喝过洗锅水是吗?”

等得太久

休斯教授在餐桌边等候多时,最后终于看到一个侍者走过来。

侍者:“你想吃点什么?”

“刚来时我想吃早餐,”教授笑道,“现在我想该吃午餐了。”

防伪标志

一位客人在餐厅用餐,他叫来了餐厅老板,说:“这个红烧鸡块里,怎么还有鸡毛?”

老板说:“这,这……这个嘛,是我们的防伪标志!”

花样繁多

顾客:“老板,你们饭店的米饭不错,花样繁多。”

老板:“怎么,不是只有一种吗?”

顾客:“不,有生的,有熟的,有半生半熟的。”

只剩一小盘

一位顾客提了一包新鲜的虾请酒家老板代他加工烹调。当老板端来熟虾时,顾客皱起了眉头,说:“老板,我交给你两斤鲜虾足足一大碗呢,怎么做熟了就这么一小盘了?”

老板:“对呀,这才证明您的虾买得新鲜呀!您想想,我把它拿到厨房去，在路上跳走了几只，倒进锅里时，又蹦走了几只，等用勺子一搅时，又蹿走了几只，于是就剩下这一小盘了。”

野味饭店

顾客刚开始吃饭，就连连抱怨：“这饭怎么跟生的一样，太糟糕了！”

服务员回答说：“你没看到我们的招牌是‘野味饭店’吗？”

一百盘

那天几个朋友去一家饭店吃饭，进到大厅，发现座无虚席，只好向服务员打听有没有雅间，她也不说话，扭头就走，几个人就跟在后面。走了很久，终于在二楼找到一个空间，大家就坐了下来，准备点菜，谁知小姐大声说道：“这里最低消费 600 元！”

朋友们觉得很意外，一个朋友想了一会儿，问：“麻辣豆腐多少钱一份？”

“6 元。”

“来 100 份吧！”

小姐愣了一会儿，走了。一会儿经理走了进来，笑嘻嘻地说：“各位随意，多少钱都行，没有限制，哈哈！”

相似西餐

一个老外在中餐馆内独自吃火锅。他首先吃掉所有的生菜，然后喝火锅里的汤，吃得津津有味，最后对服务员说：

"这道菜味道不错，与我们的西餐很相似。"

王八就是喝汤的

宴席上，服务员端上来一盘清炖甲鱼，一个客人舀了一碗汤边喝边问："小姐，这王八怎么这么多汤？"

服务员说："王八就是喝汤的。"

经理不允许

在饭店里，一个顾客看了半天菜单，然后对服务员说："小姐，你能不能帮我点几个菜？"

"不行，"服务员说，"跟顾客一起吃饭，经理不允许。"

最新鲜

顾客："服务员，这菜里怎么有泥土？"

服务员："这证明是最新鲜的菜，刚从泥里拔出来的。"

风味小吃

顾客："你在街头卖食品，应该加一个防尘罩。"

老板："没关系，我卖的是风味小吃。"

夜班做的

职工："今天的馒头怎么这么黑？"

炊事员："这是夜班做的。"

混合咖啡

“服务员!”一位顾客喊道,“广告中说你们自己制作混合咖啡,但是这根本不是混合咖啡的味。”

服务员回答说:“这就是混合咖啡,不过是昨天的和今天的咖啡混合而成的。”

欣赏盘子

一位顾客向饭店老板招手说:“我觉得汤太稀了,老板。”

“是的,这我知道,”老板回答,“我们是想让客人好好欣赏一下盘子上的精美图案。”

吃还是跳舞

一个顾客生气地冲着一个忙忙碌碌的饭店服务员嚷道:“这是怎么回事?难道你没看见这只鸡的腿比另一条短了一截吗?”

“那有什么?”服务员答道,“你到底是要吃它,还是想和它跳舞?”

最后一块糕点

一天,10个朋友一起去吃西餐,最后一道菜是甜食,十分精美的小糕点。

不知厨师为什么多放了一个,共11个。每人吃了一个都说很好吃,也都想吃,但都不好意思再拿,因为盘子上只有一个糕点了。这时甲对乙说:“小李,你家有老母,这个你拿去给你母亲吃吧。”乙对丙说:“小张,你有小孩,这个你拿去给儿子吃吧。”

大家正在推来推去时,突然停电了,只听到“啊”的一声。这时,电又来了,只见9把叉子插在一只手上……

冰箱里的照片

有一次,小明打开冰箱,发现冰箱里面贴着一张照片,上面是一个漂亮迷人、身材一流、衣着暴露的姑娘。

“妈妈,这是什么?”小明问。

“哦,我把那玩意儿贴在那儿,好随时提醒自己别吃得太多。”妈妈回答。

“这有用吗?”小明问。

“有用也没用。”她说,“我减了15磅,不过你爸爸却长了20磅!”

回到老样子

有个老人每天都去一家餐馆吃午饭,每次总是点一份汤。一天,经理问他午饭吃得如何。老人回答:“不错,不过你们应该再多给点面包。”

第二天,经理吩咐侍者给他4片面包。“午饭如何,先生?”经理问。“不错,不过你们应该再多给点面包。”

第三天,经理吩咐侍者给他8片面包。“今天午饭如何,先生?”经理问。“不错,不过你们应该再多给点面包。”老人依然如故。

经理一门心思要听这位老主顾说午饭很满意,于是他去面包房订制了一条半米长的面包。

第四天,老人照例光顾。侍者和经理就把面包切成两半,每一半都涂满了黄油,然后把它放到桌子上,紧挨着他那碗汤。老人坐下来,狼吞虎咽地扫光了那碗汤和那条切成两半的面包。经理以为这回该听到他想要的回答了。当老人上前为午饭买单时,经理照例问道:"今天午饭如何,先生?"

老人回答说:"不错,不过我看你们又回到老样子了,只给两片面包!"

每天一杯

妻子:"你别再喝那么多了,你难道不记得大夫对你说过的话吗?他只允许你每天喝一杯酒!"

丈夫:"记得,我当然记得,而且我一直都在严格地遵守着,我现在喝的是2009年10月8日的那一杯呢。"

好心不得好报

儿子眼睛下边青了一块,妈妈很担心。听儿子说,这是学校里一个不讲理的同学打的。

妈妈对儿子说:"你要和他交朋友,把这块蛋糕送给他,和他握握手,表示友好。"

第二天,儿子另一只眼睛下边又青了一块。母亲关切地问:"这又怎么了?"

儿子说:"那家伙还想吃蛋糕。"

"卫生"厨房

餐后,一位顾客把饭店老板叫来。

“先生，祝贺您！您这儿的厨房很卫生啊！”

“多谢，先生……我尽力而为。但是，我想请教您，您没有参观过我们的厨房，怎么会夸那里很卫生呢？”

“噢，很简单。我刚才吃的一切都有一股肥皂味。”

代做狗肉

一位正在法国旅行的英国太太带着一条很漂亮的小狗走进一家餐馆吃饭。

由于语言不通，她对着服务员指了指自己的嘴，又指指小狗的肚子。

服务员拉走了小狗，放了几盘点心在她面前，又打手势叫她等一会。她似懂非懂的点点头。过了一会儿，菜上来了，太太吃得很满意。

临走，她打手势要小狗时，与服务员起了争执，懂英语的经理赶来问道：“太太，不是您要求我们代做狗肉的吗？”

不要随意招手

某人早上上班，差不多每天都在单位门口的煎饼摊上买煎饼当早点。时间一长，就和摊主熟了，配合也相当默契——他举起手伸出一个手指，摊主就会马上做好一套煎饼，等他放好自行车后过来拿。有时胃口大开，一套不够吃，伸两个手指就行了。

昨天起得早，他在家里吃了早点再来上班。路过煎饼摊儿时，就扬手和摊主打了个招呼。放好自行车，径直进了办公室。

没想到刚坐下不久，煎饼摊摊主就气喘吁吁地跑进来，手里拎着一个大兜儿。他问怎么了？摊主说：“你刚才伸了5个手指,我就做了5套煎饼,等你你不来,只好给你送来了,趁热吃吧……"

调　羹

麦克走进餐馆,点了一份汤,服务员马上给他端了上来。

服务员刚走开,麦克就嚷嚷起来:"对不起,这汤我没法喝。"

服务员重新给他上了一份汤,他还是说:"对不起,这汤我还是没法喝。"

服务员只好叫来经理。

经理毕恭毕敬地朝麦克点点头,说:"先生,这道汤是本店最拿手的,深受顾客欢迎,难道您……"

"我是说,调羹在哪里呢?"

点　菜

有三位来自英国和日本以及第一次出国的非洲食人族土著的酋长,他们一起乘飞机。

中午用餐时间到了,空中小姐推着餐车过来,微笑着问英国人要点什么。

英国人:"我要西餐。"

接着空中小姐问日本人要点什么。

日本人:"请给我寿司。"

最后空中小姐客气地询问酋长要点什么。

酋长:"请将旅客的名单拿过来!"

逐出乐园

牧师给信徒们讲解《圣经》:"很久以前,在人类的黎明时,我们的祖先亚当和夏娃因为偷吃了禁果,被逐出乐园,于是人类的不幸就开始了。"

这时,一个信徒站起来说道:"牧师,我就是因为 10 年前吃了禁果才陷入不幸的。"

牧师问:"先生,你吃了什么样的禁果?"

那个信徒说:"结婚蛋糕呀!"

目标不同

夫妻二人吃饭时,妻子说:"你现在怎么老是挑鱼身上的好肉吃? 记得我们谈恋爱时,你最爱吃鱼头鱼尾……"

"情况不同了嘛!"丈夫说,"现在我的目标是吃鱼,当时我的目标是钓鱼。"

巧克力

约翰很喜欢吃巧克力,但是他妈妈从不给他吃,因为她认为巧克力对他的牙齿没有好处。约翰有一个很好的爷爷,老人很爱孙子,当他看约翰时,就给他带巧克力。这时候妈妈才让他吃,因为她想使老人高兴。

约翰 7 岁生日前几天的晚上,他上床睡觉前在寝室里做祷告。"上帝啊,"他大声叫喊道,"请在星期六我生日那天给我送一大盒巧克力吧。"

他妈妈在厨房里,听见叫喊声,就赶忙走进他的寝室。

"约翰,你干吗大喊大叫?"她对儿子说,"你小声地说,上帝也能听见的。”

“我知道，”聪明的约翰笑了笑说，“可是，爷爷在隔壁的房间里，声音小了他听不见。”

先吃轮子

“丹乔，如果汽车是巧克力做的，你该先吃它的哪一部分?”

“轮子。”丹乔不假思索地回答说，“这样汽车就开不走了。”

醉酒的感觉

一士兵酩酊大醉地回到营房。

“你怎么醉成这个样子?”营长训斥道，“你如果不喝酒，可能已经升到中士了，说不定已经当军官了。”

“报告少校，”士兵回答，“我只要一杯酒下肚，就觉得自己是将军了！”

别多嘴了

纽约街头。一个乞丐中暑晕倒，路人围拢过来，议论纷纷。

“这个人真可怜，给他一杯威士忌吧，我遇上游客晕倒就常这么办。”一位路过的导游说。

“还是把他抬到阴凉的地方，让他歇歇吧。”好几个人说。

“让他喝点威士忌保管就没事了。”导游坚持己见。

“应该送他到医院去才对。”另外有人提出异议。

“给他点威士忌,没错!”导游还是这句话。

中暑的人突然翻身坐起,大喊道:“你们别多嘴了!怎么不听这位好心人的话呢?”

车站餐厅

旅客:“服务员,这块炸猪排我已经嚼了10分钟也没嚼烂!”

服务员:“别着急!先生。你乘的这班火车晚点3小时!”

认识食物

在森林里,一大群旅游者正围坐在一起野餐,恰巧护林员库克从这里路过。他肚子很饿,便向大家问了个好,坐下来,毫不客气地向食物伸过手去。

旅游者极为气愤,说:“喂,陌生人,你难道认识我们中间的哪一个吗?”

“那还用说。”库克抹抹嘴,然后指指地上的食物,“我认识它!”

交　易

妈妈要求女儿自己清理房间,可女儿总是偷懒。一天晚上,妈妈正准备做一些她喜欢的饭菜,女儿溜进厨房,问晚上准备吃什么?

妈妈忽然意识到这是让女儿自觉干活的好机会,便说:“炸鸡,如果你整理干净自己房间的话。”

女儿立刻向自己房间跑去,妈妈正自以为得计,可一会儿女儿又若有所思地跑回来,问:“那如果我不打扫自己房间的话,我们又吃什么呢?”

吃鸟食

“索菲娅,亲爱的,我的丈夫今天早晨是怎么回事?我还从没有见过他上班这样高兴过,吹着口哨,跟小鸟叫一样。”

“夫人,恐怕这是我的过错。今天早晨我搞错了一包东西,把鸟食当成普通的早饭给他吃了。”

喜　糖

一位学姐结婚,回学校送给每个学妹几包口香糖作为喜糖,大家觉得很奇怪:“哪有用口香糖作喜糖的?”

“有什么不可以,口香糖和结婚不是颇有相似之处吗?初时甜甜蜜蜜,久了就味同嚼蜡了!”一个学妹说。

馍馍与水饺

有一老汉初次进城,走进一家饭店,对服务员说:“小姐,馍馍(momo)多少钱?”小姐扭过脸去厉声道:“没有这项服务!”

老汉不甘心,又问:“那水饺(睡觉)呢?”小姐一听大怒,骂老汉死不要脸,并将其轰了出去。

老汉挠挠头,非常纳闷,自言自语道:“开饭店不给馒馒,还不给水饺,这还叫什么饭店?”

耍酒疯

一个男人走进酒吧,对服务员说:"给我来二两,乐队每人来二两,你给自己也来二两!"

服务员按照他说的做了。这样反复几次后,该结账了,服务员来到男人面前说:"您一共需要……"

"我……我……一分钱也没有……"

男人得到了全方位的"服务",然后被扔到了街上。

第二天,他又来到酒吧,对服务员说:"给我来二两,给乐队每人来二两。你就别给自己倒了,你一喝多就耍酒疯打人!"

中大奖

一位顾客在某餐厅吃午饭,他点了一份牛排。快要吃完的时候,突然发现牛排里有一只苍蝇,他十分气愤地叫来服务员询问是怎么回事。

服务员不慌不忙、彬彬有礼地说:"先生,你中了本餐厅再来一份的大奖。"

为环境付费

一个乡下人走进纽约的一家餐馆,要了一杯咖啡、一份丹麦点心。

当他拿到账单时,不相信地盯着。"这是什么?"他问侍者,"咖啡和丹麦点心要10美元?一定搞错了。"

"没错,"侍者答,"是10美元。"

"就咖啡和丹麦点心?"

“还有另外一些东西。”侍者向他解释，“例如，看到挂在墙上的那艺术品了吗？它们值250万元。我们的水晶吊灯是世界上最好的吊灯之一——值5万元，地上的波斯地毯值75万元。总之，你不光得为饮料和食物付钱，还得为这个环境付钱。”

乡下人不情愿地付了款。“那就再来杯咖啡和一份丹麦点心吧。”他对侍者说，“别忘了——环境的钱我已经付过了。”

减肥餐

餐厅里，一个胖墩墩的妇人看到附近一个窈窕的妙龄女子在吃东西，便招来侍者问：“那个女孩子在吃什么呀？”

侍者说：“哦，是减肥餐。”

妇人：“那给我来两份减肥餐好了！”

圣　水

一位牧师驱车前往佛罗里达的珊瑚泉，因为超速行驶，被公路上的巡警拦到了路边。警官从他呼出的口气里闻到了酒味，然后，在他的车厢地板上看见了一个空酒瓶，于是，他说：“先生，你喝酒了吗？”

牧师说：“只喝了水。”

警官说：“那我怎么闻到了酒味？”

牧师看了看那个空酒瓶，说：“啊！万能的上帝，他又把水变成酒了！”

洗澡水

一只小甲鱼诡秘地眨眨眼睛:"知道吗,我在一家高级饭店的厨房供职。"

"又来瞎编胡扯!"老鼠笑道。

"不骗你,"甲鱼认真起来,"那儿把我的洗澡水端去做汤了。"

吃包子

一位顾客到小吃店吃包子,咬一口,不见包子馅儿,再咬一口,还不见馅儿,于是奇怪地问道:"服务员,这包子怎么不见馅儿?"

服务员说:"皮厚呗。"

顾客又咬了几口,直到吃完了包子还未见馅儿,又问服务员。这时,服务员说:"你可能吃的是馒头。"

老夫妻用餐

一对老夫妻走进一家快餐店。老头儿步履蹒跚地走向柜台,点了东西,付了钱,然后端着托盘回到座位。托盘上有一个汉堡包,一袋炸薯条和一杯饮料。

老头儿仔仔细细地把汉堡包切成两半,把薯条整整齐齐地分成两堆,接着,他吸了口饮料,把它递给老太太。老太太也吸了一口,又递给老头儿。

邻桌的小伙子是个热心人,他礼貌地提出要为老人再买一份食物。但老两口客气地回绝了,并说他们已经习惯分享一切了。

老头儿开始用餐了，老太太却安静地坐着不动。老头儿快吃完了时，旁观的小伙子实在看不下去了，他同情地问："太太，您怎么不吃呢？"

老太太微笑着回答说："我在等他的假牙。"

别着急

顾客："我要的菜怎么还没有做好呢？"

侍者："请问您点了什么菜？"

顾客："炸蜗牛！"

侍者："噢！原来是这样，请别着急。"

顾客："我已经等了 45 分钟了。"

侍者："因为蜗牛是行动迟缓的动物，刚刚爬来！"

红酒与白酒

从前，一位老爷结婚 3 年有余，不见太太生育，就与太太商量："你既然不生育，我只好再娶一房。"太太虽心存不满，可也只好应允，并提出条件："老爷再添一房无妨，但我却有条件在先——老爷不能喜新厌旧，同房分配要均。暗号为：老爷喝白酒说明选我，喝红酒说明选'小的'，如何？""中！"老爷满口答应。

"小的"很快娶了回来。每天吃晚饭时，家人问："老爷，喝啥酒？"

"红酒！"老爷不假思索地回答。

就这样，老爷家的红酒大有供应不上之势。太太眼瞅着"小的"春光满面，一点招儿也没有，那股子酸劲儿只有往肚子里咽。

这天，一位商人来访，老爷备了四个小菜——花生米、豆腐皮、小咸鱼、鸡咯咯。太太见机会来了，忙问：“老爷，今天喝啥酒啊？”

“当然喝红酒了。”老爷还是不假思索地回答。

太太气得肚子鼓鼓的，骂道：“老爷天天喝红酒，难道让我把白酒用来招待客人吗？”

必须喝酒的原因

一个男人来到一家酒吧点了一小杯烈性酒，当他喝完之后，他低头看了一眼他衬衫的口袋然后又点了一小杯烈性酒。当他再次喝完之后，他又看了一眼衬衫的口袋，然后又点了一小杯烈性酒。

一来二去，酒吧的服务员坐不住了，于是就去问这个男人：“先生，为什么你每次点酒之前都要看一眼你衬衫的口袋呢？”

“你有所不知啊，”这个男人解释道，“我衬衫的口袋里装着一张我老婆的照片，当我看她不再那么恐怖时，我就可以回家了。”

你的胃口真大

一个卖小笼包子的人同一个买包子的人打赌说：“你能吃下我 30 个小笼包子的话，这包子钱我就不要了，否则，一分钱也不能少。”

“好呀，你不能反悔的。”说完，买包子的人就开始吃起包子来。当他吃了 17 个包子时，对卖包子的人说：“我去一下厕所，马上回来。”

“好啊！”老板同意了。

一会儿，买包子的人回来后又开始吃起来，他把剩下的 13 个包子吃完了，说："今天我还没有吃饱，你再给我两个吃吧。"卖包子的人惊讶地说："你的胃口真大呀！"

他哪里知道，这是一对双胞胎，在轮流吃……

食人族

食人族父子去打猎，儿子擒住一个瘦子，父亲说："放掉，没肉！"

儿子又擒住一个胖子，父亲说："放掉，太腻！"

儿子又擒住一个美女，父亲高兴地说："好，带回家去，晚上把你妈吃了！"

任君选择

丈夫下班回家，妻子准备好了晚饭。

"亲爱的，今晚的菜你可以选择。"妻子说。

"都有些什么菜呢？"

"芦笋。"妻子回答。

"只有一个菜，哪有什么选择呢？"

"你可以选择吃或是不吃？"

卖　琴

有一次，两个城里人到了一个偏僻的小山村。傍晚，他们走进当地的一家小饭馆吃饭。没过多长时间，他们看见进来一个农民模样的男人背着一把手风琴，想把它卖掉。

一个城里人对另一个说道："你看，这手风琴还真不错。现在我们把他灌醉，让他白送给我们。"

他们叫过那个农民,问他想卖多少钱。

"700卢布。"农民回答。

"太贵了。您坐下和我们喝杯酒,咱们好好商量商量。"

农民高兴地接受了邀请。

喝了一杯后,俩人又问:"这琴太贵了,能不能便宜一点?"

"行,500卢布。"

"好的,就这么说定了,让我们再喝一杯吧,就算交个朋友。"

"当然。"

又喝完一杯后,农民把价钱降到了300卢布。再后来是200卢布,最后降到了100卢布。但城里人还不满足,又给他要了一杯。

农民一口就把酒喝干了,说道:"啊,谢谢,真够意思,你们算救了我了。我从早晨就想喝点,可是没有钱,现在喝好了,我就用不着再卖手风琴了,嘿嘿!"

结　账

酒店里,当服务员把账单送上时,顾客摸了摸口袋,假装惊惶失措地说:"糟糕,我的钱包不见了。"

见多识广的服务员面无表情地问:"真的吗?"说完,他把这个人带到门口大声命令:"蹲下。"接着用力一脚把这位顾客踢出门外。

这时,一位在另一张桌上用餐的顾客,自动地走到门口,同样蹲下来,然后回头对这位服务员说:"结账!"

今天是我的生日

乞丐:“夫人,我两天没吃饭了,能给点面条吗?”

夫人:“面条?为什么要面条?米饭不行吗?”

乞丐:“要是平时倒没关系,可今天是我的生日。”

将军钓鱼

将军去钓鱼。中尉问:“将军,我们带多少伏特加酒去?”

“7 箱。”

“上次就带了 7 箱,结果最后晕得连自己的汽车都找不到……”

“那就带 5 箱。”

“上上次就带了 5 箱,结果大家钓完鱼连鱼和渔竿都忘了拿回来……”

“那就带 12 箱。大伙儿听好了,不许带渔竿,到了渔场也不许下车!”

声　音

一位太太对朋友说:“我先生吃起东西来声音很大。昨晚,我们到一家雅致的小夜总会,当他开始喝汤时,5 对男女站起来开始跳恰恰。”

掌　声

弹琴不好听的杰克对他的好朋友诉苦:“唉,我是在酒楼弹琴的,可弹完了曲子,却听不到掌声,只有吃的声音,我该怎么办?”

朋友问:“你是不是想听到别人的掌声?”

“是的。”

“那好办,你放些蚊子在酒楼里就行了。”

搞笑菜谱

1. 有一次某人去饭馆吃饭,菜谱上有道菜叫“猛龙过海”,他觉得新鲜,于是点了一道,结果盘子端上来一看:一碗清汤,上面漂着一棵葱。

2. 某人在饭店点过一道菜叫“母子相会”,菜端上来一看,居然是黄豆炒黄豆芽。

3. 某人点过一道“雪山飞狐”,端上来一看,原来是炸龙虾片(白色),上面有几个很小的炸虾皮。

4. 某人点过一道“走在乡间的小路上”,就是红烧猪脚,边上镶点香菜。

5. 有一次,几位同学去巴山吃饭,发现有一种凉菜叫做“一国两制”,就随口问服务员这是什么菜,服务员说:“就是煮花生米和炸花生米!”

6. 某人有一次在东北,看见一个小饭馆在黑板上写的一道菜叫做“波黑战争”,他特别奇怪,问了问,原来是菠菜炒黑木耳!

7. 某人在宴宾楼吃饭,点了道“悄悄话”,端上来一看,原来是猪口条和猪耳朵。

8. 某人点过一道菜叫“绝代双骄”,就是青辣椒炒红辣椒;还有“红灯区”,原来是辣子鸡块。

9. 有一道菜叫“心痛的感觉”,其实就是一杯白开水(50元)。和“心痛的感觉”一对儿的是叫“慈悲的温柔”,就是瓷杯里放云吞水,呵呵。

10. 有位朋友去泰山玩,在一家小面馆点了一份"牛拉面"。后来发现一片牛肉也没有,于是叫来店主论理,得到的答案是:做面条的师傅姓牛!

素食主义

甲:"我是个素食主义者,我认为把动物宰而食之,是最野蛮的行为了。"

乙:"果真如此吗?你可曾想过:你吃素不也正是抢夺了动物的粮食吗?"

雨中进餐

盛夏时节,闷热难耐,好不容易才落下一阵中雨。约翰高兴极了,他把餐桌移到雨中进餐。

后来他对一位朋友说:"雨中进餐真是痛快极了!唯一麻烦的是,我花了一个多小时才喝完那盆汤。"

请点菜单里的

医生来到一家餐厅吃饭,服务员安排好位置后递上菜单,问:"您想吃点什么?"

医生发现那个服务员总是下意识的挠屁股,便关切地问道:"有痔疮吧?"

服务员指了指菜单:"请您点菜单里有的菜,好吗?"

听错了

早期华人移民到美国西部,多半都是经营餐馆生意。有一家人分工合作,爸爸管账房,儿子跑堂,老妈掌厨,一家人过得其乐融融。

有一天,一个老外第一次进中国餐馆,不谙点菜方法,儿子就向老外推荐牛肉面,对方应允。儿子大喊:"牛肉面一碗!"

不一会儿,面就上桌子了,老外不小心烫了嘴,打翻了碗。老妈在厨房里听到响声,问道:"啥事情?"

儿子赶忙拿了抹布上前收拾,并回答:"碗打了!"

老外听成"One Dollar"(一美元),就掏出一美元赔偿。

老妈在厨房又问道:"谁打的?"

老外听成"Three Dollar"(3美元),赶忙又补了两美元。

老爸侧过身来说:"他打的!"

老外听到又涨到"Ten Dollar"(10美元),吓得丢下10美元夺门而出。

一家人不知怎么回事……

卖香糕

有个小贩沿街叫卖:"香糕!香糕!"声音又小又哑。

有人问他:"声音怎么这样小?"

小贩说:"我肚子饿了。"

这人说:"既然饿了,为什么不吃糕?"

小贩轻声道:"是馊的。"

骗吃

有一个人肚子饿了，跑到卖油饼的摊前，关心地说："你们炸油饼，太费油，我有一个办法，保管省油。"

卖油饼的一听，喜出望外，马上给他端来一盘油饼让他吃，并请他指点省油的办法。这人吃饱了，还不吭声。卖油饼的着急了，催问道："您倒有什么省油的办法？"

"卖蒸馍。"

清汤

某校食堂伙食极差，菜汤可与清水相媲美。一学生排队买饭，不慎将菜汤洒到另一学生身上，正惶惶然，不料该学生将衣服一抖，道："没事，权当洗衣服了。"

没法倒

士兵狄克提着一瓶酒回宿营地，不巧碰上了严厉的连长。狄克只好撒谎说："这瓶酒是我和上校合买的，一半属于上校。"

连长："把另一半给我倒掉！"

狄克："没法倒，我的那一半在下边。"

日月难辨

有个名叫菲尔的推销员，是个酒鬼。一天，他来到一个陌生的城市，在一家酒店里喝了很多酒。走出酒店，他突然看见一个刚从酒店出来的人，比自己喝得更多，这人站在路当中，用手往天上一指：“对不起，请问，那是太阳还是月亮？”

菲尔看了看，然后摇摇头，说：“不知道。我不是本地人。”

节约鸡蛋

一人早上醒来，发现妻子死在床上了。

他赶紧跳起来，跌跌撞撞地奔下楼梯大声喊道：“阿梅！阿梅！”

女佣回答：“先生！什么事？”

“早餐的鸡蛋煮一个就够了！”

不是煮着吃的

母亲劝女儿嫁给一位富有的老人，女儿坚决反对，说：“不行！不行！就是不行！他太老了！”

母亲安慰女儿说：“老一点儿有什么关系？又不是要煮着吃的。”

妙语答记者

1944 年 3 月 25 日，富兰克林·罗斯福第四次连任美国总统。《先锋论坛》报的一位记者采访这位第 32 任总统，就连任总统之事问他有何感想。

罗斯福笑而不答，请记者吃一片三明治。记者觉得这是殊荣，很快就吃下去了。罗斯福又请他吃第二片，记者受宠若惊，也吃下去了。接着，罗斯福再请他吃第三块，虽然肚子已不需要了，但他还是硬着头皮吃下去了。

这时，罗斯福微笑着说："现在已经不用回答您的提问了，因为您已经有了亲身的感受。"

对吹

画家甲："有一次我画了一个硬币，乞丐见了伸手就捡……"

画家乙："这算什么？有一次我画了一条腊肠，狗见了叼起就跑！"

投诉

一群顾客正围着饭店经理提意见，说菜洗得不干净，牙碜。

经理不耐烦地说："你们别挑剔了，看那位老先生吃得多香，他怎么不说牙碜呢？"

只见老先生两眼一瞪，说："我没牙！"

炸薯条

阿杰炸薯条的时候油锅突然起火，急忙打电话向消防局求助。事后，消防员警告他以后要小心些。可是两星期后又发生了同样的火警，消防员又赶来了。

翌日，阿杰见到门前有个小包裹，附有字条："今后数天本局人手不足，敬希合作为盼。"包裹里原来是一大包炸薯条。

你有奶吗

下班后男女同事几人相约到饭店小聚，男同事要了白酒，女同事则要了酸奶。

一会儿，小姐就把菜和白酒端了上来了，男同事开始吃喝起来。这时，一男同事突然发现没给女同事上酸奶，于是问小姐：“有奶吗？”

小姐脸红红的，嗫嚅道：“有，但不大。”

打　饭

众学子排队打饭。一炊事员十分吝啬，舀了一大勺排骨，又舍不得给，在那里晃呀晃呀，很快就只剩下半勺了。

买饭的男生见状，生气地说：“天又不冷，你哆嗦个啥？”

我不是巫婆

“小姐，我的咖啡杯上有一只苍蝇！这意味着什么呢？”

“别问我，我是侍应生，不是巫婆。”

醉　汉

奥斯卡在一家饭店里吃饭时喝了很多酒，当他突然看见电风扇转动时，惊叫起来：“上帝呀，时间怎么走得这么快呀！”

谢谢夸奖

肯特到一家饭店就餐，他尝着刚刚端上来的鱼和肉，颇有感慨地说："早知道这样的饭菜，提前几天来就好了。"

饭店经理听到了，很高兴地说："谢谢夸奖！先生真是一位美食家啊！我们饭店的饭菜确实是一流的。"

肯特说："我的意思是，如果早几天来，鱼和肉就该是新鲜的了。"

煎　蛋

有三个人到早餐店买早点。

第一个人对老板说："老板，我要一个煎蛋，但是不要蛋黄。"

老板就照着煎了一个蛋。

第二个人对老板说："老板，我要一个煎蛋，但是不要蛋白。"

老板也照做了，但是已经有点不耐烦了。

轮到第三个人，老板就不客气地问他："你呢？你的蛋不要什么？"

第三个人有点胆怯地说："我……我的不要蛋壳。"

师傅怎么卖

一女孩指着蛋糕问师傅："师傅怎么卖？"

师傅答道："师傅不卖，蛋糕六毛钱一个。"

挑　食

有一篇作文名为《挑食》，全文如下：

“如果你不爱吃青菜，你就会缺少维生素。如果你不爱吃肉，你就会面黄肌瘦。如果你不爱吃米饭，你就是北方人。如果你不爱吃面，你就会没劲儿。如果你不爱吃鸡腿，你就会跑不动步。如果你不爱吃鸡翅膀，你就不会梳头。如果你不爱吃鸡蛋，你脑子会很笨。如果你不爱喝牛奶，你就长不高个。如果你不爱抽烟，你老婆一定很厉害。如果你不爱喝酒，你酒量肯定小。如果你不爱吃补药，你可能没钱。如果你不爱吃野生动物，那你是个环境保护主义者。挑食的坏处很多，你不爱吃什么，就对照一下前面的话。”

我对照了半天，发现我居然是个面黄肌瘦、跑不动步、没钱、老婆很厉害的环境保护主义者。

酒店看书

3个学生一块儿上酒吧，想以喝啤酒来表示自己是个成年人了。女招待叫他们先出示身份证。其中两人还没有到法定的成年年龄，他俩只好伸手到衣袋里左摸摸，右摸摸，说：“我们忘了带身份证了，请问，学校里的借书证行吗？”

女招待笑了笑，对管餐柜的招待叫道：“来一瓶啤酒，两册图书！”

我戒酒了

某人在酒店叫来两杯酒,喝了一杯又一杯。

服务员说:"你真好酒量。"

那人说:"不!一杯代表我,另一杯代表我病重的朋友。"

第二天,那人又来到酒店,这次只要了一杯。

服务员问:"你的朋友呢……死了?"

他说:"不,我戒酒了。"

半　醉

亨利:"你每天晚上只喝两杯白酒,今天怎么要了4杯?"

鲍勃:"我自己觉得喝两杯已经够了,可我太太还是不满意。"

亨利:"她怎么不满意?"

鲍勃:"每天我一到家,她总是埋怨我:'真该死,又喝个半醉!'"

出　丑

某人一次去吃饭,上了螃蟹,又上了一碗清汤。他吃完螃蟹后,发现清汤里面没什么东西,就拿起调羹喝了几口,发现没什么味道,抹抹嘴不喝了。这时,他发现全桌的人都在看自己。

旁边的女同事小声地对他说:"这是吃完螃蟹洗手用的。"

我也吐了一口

酒吧里,乔治独自在喝着啤酒。他突然觉得自己要去洗手间,又怕离开后有人偷喝他的啤酒,便在桌上写了一张纸条:"我在杯中吐了口水。"

他回来后,发现纸上又加了一句:"我也吐了一口。"

改善待遇

一位上了岁数的演员对剧院经理说:"经理,我在这个剧院已经干了25年,我想,您是否可以考虑改善我的经济待遇?"

经理说:"没问题,今后凡是需要在台上吃东西的角色,我都让你演。"

用刀托着

一卖豆腐小哥,正沿街叫卖,忽觉尿急,发现不远处一参天大树,遂于树根处解决了事。当他回到自己的豆腐摊前时,正有一少妇要买豆腐。小哥抄刀就切。

少妇问:"小哥,你嘘嘘完后,有没有洗手呀?"

小哥说:"我没用手。"

少妇放心地点了点头,说:"给我切两斤豆腐。"

小哥切完,包好,将豆腐放到少妇手中。少妇好奇地问了一句:"那你是怎么嘘嘘的呢?"

"用刀托着呀!"

坏蛋的用途

一个人来到饭馆吃早点，服务员热情地端来了一盘茶煮蛋。他尝出这蛋是臭的，便去质问经理："你们为什么要给顾客吃坏蛋？"

经理转过身对服务员大声吼道："是呀，为什么要给顾客吃坏蛋？我不是多次说过，坏蛋只能用来做蛋糕吗！"

该说什么

有一天，阿明买了3瓶果汁回家，在路上，他遇到了小亮的妈妈和小亮。小亮的妈妈说："哥哥给你果汁，你该说什么？"

小亮看了看果汁，然后说："吸管呢？"

鹅卵石

顾客："咦？这道菜的做法很有特色呀！"

厨师："是啊，这道菜是用烧热的鹅卵石烘熟的。"

顾客："妙！那万一我把鹅卵石吃进去了怎么办？"

厨师："没关系，您可以抽空把它还回来。"

一盘火腿

一个富翁临死时对妻子表示，要把全部财产300万美元遗赠给她。

"你实在太好了，"妻子热泪盈眶地说，"你还有什么愿望吗？"

“我想吃冰箱里的那一盘火腿。”

“这可不行，”妻子厉声说，“那是准备在你葬礼结束后招待客人的！”

家乡的酒吧

3个美国青年在纽约的酒吧里谈论他们各自家乡的酒吧。

第一个说：“在我们那里，你要两瓶酒，老板会送你一瓶！”

第二个说：“在我们那里，你要一瓶酒，老板就会送你一瓶！”

第三个人说：“那不算啥，我们那里，你喝完一瓶，老板会再给你送一瓶，直到你喝醉为止，而且还会把你扶到他的床上去。”

前两个人瞪大了眼睛：“是吗？”

“是的，”第三个人说，“这是我姐姐亲口对我说的。”

视觉原因

马科斯来到一家餐厅，像以往那样点了饭菜。

侍者端上饭菜，马科斯三下五除二扒进口中，又前后顾盼，若有所思。

侍者忙上前问：“先生，我能为您效劳吗？”

“其他饭菜怎么还不上来？”

“已经上完了，先生。”

马科斯大惊：“贵餐厅的饭菜，怎么给得这么少？”

“哦，这是您的视觉问题——我们刚刚扩建了餐厅。”

买昨日的

托米去买面包，他拿出两个便士放在柜台上，说："请拿一块面包。"

店员说："孩子，现在一块面包要两个半便士了。"

托米说："什么时候涨价的？"

店员说："今天早上。"

托米说："那就给我拿一块昨天晚上的吧。"

我不是师傅

有一对夫妻，老公正看着电视，嗑着瓜子儿。忽然老婆在厨房里喊道："老公，可不可以帮我修电灯？"

老公不耐烦地说："我又不是水电工！"

没多久，老婆又喊："老公，可不可以帮我修冰箱？"

老公不耐烦地说："我又不是电器维修工！"

又过了一会儿，老婆又喊："老公，可不可以帮我修酒柜的门？"

老公觉得很烦，生气地说："我又不是木工！"

然后，就跑到外面喝酒解闷去了。过了一个小时，老公觉得心有愧疚，决定回家把那些东西修一修。但是回家后，发现东西全修好了，便问老婆："东西怎么都修好了？"

老婆说："你离家后，我就伤心地坐在门外，碰巧有一个年轻帅哥经过，知道这件事后，关心地说：'我可以替你修！但你要做蛋糕给我吃或跟我亲热一次！'"

老公听后问道："那你做什么蛋糕给他吃？"

老婆回答："我又不是做蛋糕的师傅。"

最佳方案

一位胖妇人问医生:“大夫,请你告诉我,怎样锻炼对减肥最有效?”

“把头从右边摆到左边,再从左边摆到右边。”医生回答说。

“什么时候?”

“当有人请你吃饭的时候。”

爱吃肉

电影导演准备拍摄一个人与老虎在一起嬉戏的镜头,可是女主角却坚决拒绝拍摄。

“别害怕,”导演对她说,“参加拍戏的这头老虎是在动物园里出生的,它是叼着橡皮奶头喝牛奶长大的。”

“那能说明什么?”女主角说,“我是在妇产医院里出生的,我也是叼着橡皮奶头喝牛奶长大的,可我照样爱吃肉。”

纯净水

有人举报,临街的“水作坊”用普通的自来水灌装假纯净水,记者闻讯前去暗访。

记者:“明明是自来水灌进桶里,怎么会变成了纯净水?”

老板:“在流水的过程,我们用两盏高效灭菌灯照射消毒,水就变得纯净了。”

记者:“我看到的是水龙头下面点燃着两支蜡烛?”

老板:“你来得不凑巧,今天这里停电了。”

含牛奶的东西

老师:“请说出 5 种含牛奶的东西。”

学生:“黄油、奶酪、冰淇淋,还有……两头母牛。”

吃掉它

烹饪教师:“汤姆,如何防止食物变坏?”

汤姆:“提前吃掉它。”

不能自带饮料

一妇女带婴儿到餐厅就餐,这时孩子哭闹,女人赶紧撩起衣服。

服务员见此,过来制止。妇女大怒:“难道这也不行吗?”

服务员说:“露胸可以,但餐厅不允许自带饮料。”

甜蜜的梦

妈妈:“每次睡觉前,你为什么要吃糖?”

儿子:“我希望能做一个甜蜜的梦。”

省　饭

父亲:“哦,儿子,整个上午你都在睡觉,难道你不知道这是浪费时间吗?”

儿子：“知道，爸爸。可是我为你节省了一顿早饭。”

果　酱

一位小学老师对全班同学说：“一位母亲有 5 个孩子，4 只苹果，她想把这些苹果在孩子们中均分，如何保证每个孩子能得到相同的份额？”

一个学生回答：“做成苹果酱。”

倒掉很可惜

中学时，班里一个同学乔迁，请大家到他家里吃饭。

他妈妈烧了很多很多菜。饭桌上，他妈妈还站起来，客气地对大家说：“你们一定要吃饱喝足。不要客气，更不能浪费，现在搬新房子了，家里没养猪，倒掉很可惜的。”

难喝的酒

妻子从丈夫杯里呷了一口伏特加，皱着眉头说：“太难喝了！”

“可不是嘛，”丈夫说，“可你往日还唠唠叨叨，说我喝酒享乐呢！”

老师请客

火锅城为了招揽生意，在广告牌上写了这样一句话：“自助火锅，每位 18 元，身高 1 米以下的儿童免费。”

幼儿园的李阿姨看后无比激动，怀揣 18 元钱，领着班上的 50 名小朋友于中午 12 点准时来到了火锅城……

我该说谎吗

母亲:“你要哪只苹果,朱尼?”

朱尼:“最大的那只。”

母亲:“为什么,朱尼?你应该懂礼貌,应该要那只最小的。”

朱尼:“那么,妈妈,为了讲礼貌,我就该说谎吗?”

鱼翅肉羹

有一个人在路上看到两家卖肉羹的摊子,一家的招牌写着阿荣肉羹,生意一般;另一家写着鱼翅肉羹,生意比较好。他心想,有鱼翅的可能比较好吃,于是便叫了一碗鱼翅肉羹。可是他吃了半天只吃到肉羹而没有鱼翅,便把老板叫来……

客人:“老板,你这鱼翅肉羹怎么只有肉羹没有鱼翅?”

老板:“不好意思,小弟的名字叫鱼翅。”

阴差阳错

某人到外地观光,每次在餐馆里点菜,总因语言问题弄得阴差阳错,于是决定用纸条详细注明所要的食物:一烤面包。二熏肉。三果汁。四煮蛋。

过了不久,侍应生端来早餐:一块烤面包、两块熏肉、三杯果汁、四只煮蛋。

聪明的儿子

母亲:“我叫你给奶奶吃的苹果,给她了吗?”

儿子:“给她了,但她还是给我吃了。”

母亲:“为什么?”

儿子:“我把她的假牙藏起来了。”

不了解人生

父:“儿子,爱情是酒,婚姻是醋。”

子:“老爸你真了解人生。”

父:“其实我不了解,否则我就不会为了喝一个月的酒,却得喝上20年的醋。”

怕传染

一个男人走进 家啤酒店,要了 大杯啤酒。那只杯子是有把手的,他端起杯子,嘴巴凑在把手一侧的口沿上喝。服务生看了感到很奇怪,问道:“先生,您为什么这样喝?”

“有把手的这个地方,一般人喝酒时是不会用嘴去碰的,这样,我就不会感染病菌了。”

过了一会儿,又有一个男人走进来,也要了一杯啤酒。他端起杯子,也把嘴巴凑在有把手这一侧的口沿上喝。服务生笑了:“先生,你也是怕感染病菌吗?”

那个男人说:“不,我有病,怕传染给别人。”

插　队

一位妇人匆匆走进肉店，毫不客气地喊道："喂，老板！给我 100 元给狗吃的牛肉！"

然后，她转身向另一名等待的妇人说："你不会介意我插个队吧！"

那妇人冷冷地回答："当然不会，既然你那么饿了，让你先买也无妨！"

好　烫

老婆："亲爱的，我做的这肉丝好不好吃？"

老公："马马虎虎。"

老婆："这鱼呢？"

老公："将就。"

老婆："那豆腐呢？"

老公："一般。"

老婆按捺不住吼道："你就不能说个好字吗？"

正喝着汤的老公大叫道："啊，好烫！"

一个黑店老板的留言条

黑刀：

我有急事要到工商管理所，所以给你留下这张纸条，将几件事情交待一下，请务必按以下吩咐办理：

三号台那几个男男女女，是给老太太过生日的，从穿着打扮上可以看出来，没有多少油水，所以大可不必去费心招呼。厨房后面有块放了七天的狗肉，可用酱油和糖红烧,多放点胡椒粉,以盖住异味,然后切几片芋头放到盘子里,就说是人参炖虎肉。老太太身边坐了个戴眼镜的家伙,像个知识分子,这种人就爱挑三拣四,如果他要提出质疑,就不妨采取专政手段,可先从祖宗三代骂起,然后往其脸上吐唾沫,直到把他们轰出店外。

六号台的那几个胖子是用公款消费的,收费时可加价150%,反正这笔钱不用他个人掏腰包。另外速派人到街口的农贸市场买一节猪大肠,里面塞上肉泥,当驴鞭给他们端上去。至于猴脑,可用猪脑代替,拌上蜂蜜什么的,告诉他们这是一种濒临绝种的非洲猪猴之脑,珍贵无比。他们要了三瓶路易十三,后两瓶可用香槟加白酒兑配代替,反正那时他们已经喝醉了,根本尝不出什么味道来了。

八号台是个检查团,要小心招待,别把他们惹翻了。这些人权大着呢,搞不好就会给门上贴封条,停业整顿。尽快把咪咪小姐呼来,她陪客有经验,让她最好能在20分钟之内把这些人灌晕乎,以保证他们挑不出我店的任何毛病。

厨房墙角的那只死老鼠,千万不可扔掉。说不定有人要吃穿山甲,可将此鼠剥皮后,下锅装盘,告之以"少年时代的穿山甲"最补,保证能把人唬住。

还有,我常教导你们的,对于每一个进店的顾客,切记不能搞"好人主义"。须知对客人的仁慈就是对钱包的犯罪。本店地处市中心的黄金地段,客流量大,不需要制造什么"回头客"。必须坚持"进门都是客,逮住宰一刀"的经营特色。胆子要大一些,下手要狠一些!

不必要的提醒

一对中年男女正在一家高级餐厅优雅地享用晚餐。

女侍者注意到，这名男子渐渐滑下椅子，钻到了桌子底下。对面的女士竟然对他的举动熟视无睹。

女侍者来到女士身边说："夫人，打扰了，我不得不告诉您，您的丈夫滑到桌子底下去了。"

这名女士"嘘"了一声，压低声音说："他不是我丈夫，刚刚从门口进来的那位男子才是。"

巴西咖啡

有一位俄罗斯人来到咖啡厅点了一杯咖啡。过了一会儿，服务生走到他跟前，说："先生，这是您要的咖啡。这饮料非常出色，纯天然，是从巴西运来的！"

这位俄罗斯人呷了一口，赞道："不错，不错，那么大老远运来，居然还是热的！"

左右逢源

某人说话左右逢源，八面玲珑。一天，甲乙两人要找某人做试验。

甲："我说水果中唯有苹果好吃。"

乙："不，我说最好吃的是梨。"

甲、乙问某人："你说什么好吃？"

某人："嘿嘿……我认为最好吃的是一个新品种，叫'苹果梨'。"

甲："我看大衣穿大一点舒服。"

乙："不，我看穿小一点利落。"

甲、乙问某人："你看呢？"

某人："嘿嘿……我看穿带松紧的衣服最好，想大就大，想小就小。"

甲:"我爱吃带甜味的菜。"

乙:"我爱吃带酸味的菜。"

甲、乙问某人:"你爱吃什么味道的菜?"

某人:"嘿嘿……我爱吃糖醋里脊,既有甜味,又带酸味。"

自食其果

店员:"老板,我把那些变了质的面包都卖出去了。"

老板:"真的?那些臭鸡蛋和发了霉的羊肉呢?"

店员:"也都卖出去了。"

老板:"噢,你真能干。下个月我一定给你加薪。不过,你都卖给谁了?"

店员:"布朗太太,她家里今天正好请客。"

老板:"什么!你全卖给布朗太太了?你这个混蛋!噢,我的肚子好疼啊!我要吐!我要……"

“住”的笑话

住　房

一位游客问一个伦敦人：“为什么你家的狗，尾巴不是左右摇摆，而是上下摆动？”

“这完全是环境造成的，我家地方太窄了。”

放　心

一对夫妇投宿旅馆时，老婆想要洗澡，却有些担心，对老公说：“看报导，某些旅馆会藏有隐藏式的摄像头，万一真的被拍到，那该怎么办？”

老公一脸不屑，头也不回，说：“放心吧！像你这种身材，即使被拍到也会被剪掉的。”

买房子送家具

一房地产商为推销房子，打出了“买房子送家具”的广告。

某人买了一套新房，装饰一新后去房地产商那里领家具。

房地产商问：“你的家具在哪里？我们帮你送。”

像家里一样

丈夫忍受不了凶悍妻子的折磨，逃出了家门，投宿旅馆。旅馆老板为他开了一个房间，讨好地说：“住这间房子，你会感到像在自己家里一样。”

那人一听此言，大声叫道：“天哪，快给我换个房间！”

贵的房子

女儿：“妈妈，我们为什么不能住比较贵的房子？”

母亲：“别着急，我们马上就要住贵的房子了，房东告诉我，他从明天起就要给我们提高房租了。”

担心多余

母亲对女儿说：“我不是告诉过你，别让陌生男子到你的房间里来吗？我真担心这种事。”

女儿笑着答道：“妈妈，是我到他的房间里去呀，所以担心的应该是他的妈妈！”

精打细算

妻子用白灰反复粉刷房间。

吝啬的丈夫生气地大叫：“够了！太浪费了！”

妻子得意地说：“你知道什么呀，这白灰是白来的！”

丈夫摇着头说：“笨蛋！就算白灰不要钱，那也应该刷外面，这里面刷了一层又一层，房间比原来小了。”

约翰和房东

约翰来到动物商店,说:“我要买 250 只臭虫,230 只蟑螂,15 只老鼠。”

店员惊奇地问:“干什么用?”

约翰:“房东把我轰出来了。他要求把房子恢复到我搬进去以前的样子。”

改变主意

某人退休后在乡下的旧宅里住着。他想卖掉它,另买一间更好的住宅,但过了许久,一直未能如愿。后来,他决定请房产经纪人帮忙。

房产经纪人立即把这旧宅刊出广告。几天以后,房主在一本印刷精美的杂志上看到一幅分外诱人的照片。拍摄的正是他的旧宅,并附有一段关于其花园的真实描写。

读罢广告,他马上给房产经纪人打电话,说:“对不起,琼斯先生。我最终决定不卖那旧宅了。看了你在杂志上登的广告,我才发觉它正是我想住一辈子的房子。”

下雨天才漏

房东陪着新房客在看屋子。

房客:“看来,这屋子是经常漏水的。”

房东:“不不,它只有在下雨天才漏。”

差劲的旅馆

游客:“你们旅馆只有几十个床位,去年竟有几万人来光顾,真叫人惊讶。”

旅馆经理:“这有什么奇怪的,因为绝大多数人都是只看了一眼就走了。”

没关系

邻居:“我们刚才敲击墙壁,想挂一幅画,可能骚扰了你,特来道歉。”

“没关系,我正想过去问问你,假如我们在那钉子尖上挂画,是否牢固?”

交好运

甲:“我女儿的音乐课给我带来了好运。”

乙:“怎么回事?”

甲:“女儿的音乐课使我仅用一半的价格就买下了邻居的房子。”

不能让房子空着

一位妇女从巴黎回来,向丈夫诉苦道:“在巴黎,住宾馆每天要 500 法郎,太厉害了。”

丈夫点头表示同意,说:“500 法郎,的确太贵了。不过你在巴黎 15 天,一定看到很多好风景吧?先讲一些给我听。”

"好风景?"妻子嚷了起来,"我什么也没看到。我不能每天花 500 法郎的房钱,让房间整天空着!"

加收电费

旅客:"什么? 一个晚上要收 40 个法郎? 瞧你这破床,昨晚我睡在上面一夜没合眼,后来,只好坐在沙发上看了几小时的书!"

旅店老板:"那好,再加收 1 法郎的电费!"

丈夫摸过的地方

丈夫开灯时不小心把手印留在刚刷过油漆的墙壁上。

次日,妻子叫来油漆工,说:"我想让你看看昨晚我丈夫摸过的地方。"

油漆工:……

跑　电

旅客在客房里打开电扇的时候,手被电了一下,他吃惊地叫起来:"服务员,这个电扇跑电,快派人修一下吧。"

服务员听了不屑一顾地说:"嚷什么? 跑点儿电有什么关系,又不找你要电费。"

不要歧视我

一个爱尔兰人前来伦敦度假,怕被人瞧不起,专门挑了一家高级酒店作下榻之处。办完入住手续后,便昂首挺胸地跟拎着行李箱的服务生向房间走去。

他看见服务生进了一个很小的房间，就很生气地说："别以为我是从爱尔兰来的，就让我住这么一个小房间。以为我好欺负哪？"

服务生见状，连忙解释说："先生，别生气。这不是你住的房间，这是电梯。"

贼多

有一外乡青年，去东北某城市出差，向一位当地人打听这儿可住宿的宾馆有多少。

东北人回答说："贼多，贼多！"

这个年青人吓得连连后退，赶紧离开了这里。

两次婚姻

甲："我的两次婚姻都失败了。"

乙："怎么啦？"

甲："第一个老婆，走了。"

乙："第二个呢？"

甲："她不肯走。"

招来了警察

某人和女友去旅游，晚上在酒店住下。半夜电话响了，一娇滴滴的女声问："请问先生需要服务吗？"

"滚，不需要！"

刚挂上，电话又响了，还是问是否需要服务。再骂！不一会，电话又响起。这下女友恼了，抄起电话说："你别再来骚扰了，我已经比你先到了！"

这招还真灵，一晚上再没有骚扰电话打来……

快到天亮时，电话铃再次把他们吵醒，女友十分生气地拿起电话就嚷："别打了，姑奶奶我都陪了一晚上了！"

谁知，不一会儿房门就被敲开，两个警察手拿证件站在门口，威严地说："说！昨晚来的那个小姐在哪里！"

穿上大衣

天气很冷，正要出门到酒吧去的老公对老婆说："穿上大衣。"

老婆很高兴："啊，你要带我去喝酒吗？"

老公回答："不，我想把屋内的暖气关掉。"

成　功

彼得和汤姆都是酒吧的吉他弹唱手。这天一点生意都没有，彼得长叹一口气，说："嘿，汤姆老弟，想当年我的第一次演出真是盛况空前，成功极啦。你知道结果如何吗？不是我吹，当时台下扔给我的鲜花足可以让我老婆开个花店。"

汤姆听了不服气，说："这算什么，我的第一次演唱会才让人兴奋呢，大伙太崇拜我了，送给我一幢房子。"

"汤姆，你小子又在吹牛了，我可不信。"

"那是真的，当时大伙扔上台的砖块足可以让我造一幢房子。"

钉钉子

有个蹩脚的歌唱家直到半夜还在声嘶力竭地练声，邻居无法忍受，敲墙壁向他表示抗议。

这时，歌唱家气愤地大喊："都快一点了，还往墙上钉钉子，你不觉得太过分了吗？"

真主的房子

一天晚上，有人敲阿凡提家的门。阿凡提打开窗子一看，是个陌生人站在门口。

阿凡提问道："请问贵客有何贵干？"

"我是真主的客人，从遥远的地方来！"陌生人回答说。

"欢迎您，但这不是真主的房子，真主的房子在那儿！"阿凡提用手指着一座清真寺说。

把房子抓牢

查尔斯喝得醉眼蒙眬，深更半夜才回到家门口。他掏出钥匙，却怎么也对不准锁孔。

巡夜的警察见状，急忙上前问："需要帮忙吗？"

查尔斯大喜过望，说："请帮我把这房子抓牢，别让它乱晃动。"

太太的幽默

1948年，杜威和杜鲁门竞选美国总统。民意测验中，杜威遥遥领先，胜券在握。他在准备祝捷时问太太："你就要跟美国总统同榻了，有何感受？"

太太答："荣幸之至，简直等不及了。"

出乎意外，这次选举杜威失败了。太太说："请问，是我到华盛顿去，还是杜鲁门到这里来？"

初次见识

宾馆里，年轻女士从浴盆里走出来，正要去拿毛巾，突然发现一个正在工作的刷窗工望着她。她吓得浑身瘫软，怔怔地望着那人。

"您怎么啦，太太?"那人问，"难道您从来没有见过刷窗工吗?"

建筑速度

旅游者乘坐一辆大型的游览车在华盛顿观光，到五角大楼的时候，司机告诉大家："这栋楼花了好几百万美元，用了一年半的时间才建成。"一位矮小的老妇人尖声说："在我们彼阿雷亚，建造这样一栋楼房，不用花这么多钱，也不用这么长时间。"

游览车到了司法部大楼前，司机又解释道："这栋大楼花了数百万美元，几乎用了两年的时间才建成。"那位矮小的老妇人又把刚才的话重复了一遍。

最后，汽车经过华盛顿纪念碑时，司机特地把车速放得很慢，一句话也不说了。矮小的老妇人憋不住了，对司机大声嚷道："喂，这是什么?"

司机头也没回，就说："对不起，太太！这个我可不知道。因为昨天这里还没有它呢！"

福尔摩斯和华生

福尔摩斯和华生周末在野外宿营。

半夜，福尔摩斯推醒华生，问道："你望着这满天繁星有何感想?”

华生回答道:“我想外星上一定存在类人生物。”

福尔摩斯道:“蠢货! 我们的帐篷被人偷走了!”

彼此提防

一个疲惫不堪的高个子男人走进一家发生过几次火灾的旅馆,要求住一间比较便宜的房间。服务员在最顶层给他开了一个房间。

服务员发现客人走进房间后首先从行李袋里拿出一条绳子,便问他这绳子是干什么用的。

“我带着它是为了预防火灾,”客人回答说,“万一失火,我把它扔出窗外,我就得救了。”

“想法不错。”服务员说,“不过,像您这样的房客,我们得预先收费。”

糊弄臭虫

一个加布罗沃人住进了一家下等旅店,半夜里臭虫搅得他一刻也不得安宁。他忽然从床上爬起来拉亮电灯,敞开房门,接着又使劲把门关上,然后又轻轻地踮着脚尖回到床上去睡觉。

被他闹醒的同房旅客看着他,感到莫名其妙,他却声音极低地说:“我要让臭虫断定我已经走了。”

劝告

画家的一位朋友来看他。

画家说:“我打算把这房间的墙壁粉刷一下,然后在墙上画些画。”

朋友劝画家：“你最好先在墙上画画，然后再粉刷墙壁！”

讨价还价

蒙莉教授夫妇周末想去海滨度假，蒙莉的丈夫打电话向海滨旅馆订一套房间。

当他听到服务员报房价时，惊讶地说：“太贵了！”

“这可是一套可以观看海景的房子啊！”服务员补充道。

“这样吧，”蒙莉丈夫说，“我们不看窗户外面，多少钱？”

邻居的意思

钢琴调音师：“对不起，先生，我是来给你的钢琴调音的。”

主人：“哦？可是我没有请你来给钢琴调音呀？”

钢琴调音师：“是你的邻居要我来的。”

来意不同

一位大导演正忙碌着试用新来的明星，一妇人推门而入。

妇人：“先生，对不起……”

导演打断了她的话：“好了好了，你有什么特长？让我来听听你唱歌。”

妇人高声地唱了一首流行歌曲。

导演喊道:"停停停!你唱得这么难听,到这里来干什么?"

妇人:"我是来打扫这房间的呀!"

女管家的幽默

女管家对新上任的神父说他的房子需要修葺一下。

"神父!你的屋顶需要修理!"她说,"你的水压也不中用啦,还有,你的锅炉也失灵了。"

"太太,"神父善意地提醒她,"你在这里呆的时间比我长,何不说是'我们'的屋顶和'我们'的锅炉呢?"

数星期后,神父和主教及其他神职人员开会时,女管家十分惊慌地冲了进来。

"神父,神父,"她嚷道,"我们的卧室里有只大蟑螂,就在我们的床底下!"

总统的房间

一位绅士到旅游胜地的一家宾馆开房间,侍者因为他没有预定而拒绝,说:"房间全满,无法安排。"

"听着!"绅士说,"假如我告诉你,总统要到这里来,你一定会马上向他提供一套客房吧?"

"当然啦,他是总统……"

"好了,我荣幸地通知你:'总统今晚不来了。你把他的房间给我吧!'"

参观与定居

个男人死了,上了天堂。过了一生。他厌倦了天堂里单调的生活，要求去地狱住一个晚上。天使同意了他的请求。

“魔鬼啊，我将要在地狱呆一个晚上。”他到达地狱时说，“听说地狱很有趣。”

魔鬼说：“欢迎。”并让他享受了一个晚上。第二天，他回到天堂，心满意足。

又过了一生，他又想去地狱。魔鬼让一个充满诱惑的模特陪了他一个晚上。他第二天心旷神怡地回到了天堂。

又过了一生，他想永久地定居地狱。天使全力劝他，

但不起作用。到达地狱后，他告诉魔鬼要定居地狱。魔鬼带他进去后，却是一个满头乱发的老太婆向他招手。

“上次那个漂亮的模特呢？”他问。

“哦，朋友，”魔鬼回答，“参观归参观，定居却是另外一回事。”

先教跳蚤认字

旅馆的大厅里挂着一块牌子，上面写着：“请在夜间保持肃静，切勿打搅来宾！”

没过多久，有人在牌子下面添了一句话：“请您教会跳蚤读书认字！”

音乐室

有一天，一位男人带客人参观他的新居，当他打开最后一扇房门时，说：“这间是我家的音乐室。”

“里面怎么没有乐器？”客人们很惊讶。

男主人回答：“我不需要任何乐器，这里是欣赏邻居家播放音乐的最佳位置。”

高尔基投宿

高尔基旅游时迷了路,晚上走到中国边界一个小村庄里,外面漫天大雪,他冷得受不住了,便去敲一农家的门要求住宿。

一个老太太在屋里大声问道:“你是谁啊?”

高尔基说:“阿历克谢·马克希·莫维奇·彼什科夫。”

“人太多了!”老太太“嘭”地把刚打开的门关上,干脆地拒绝了。

鹦鹉学舌

一位爱好动物的女士,新婚后在家中养了一只鹦鹉。这只鹦鹉在学舌中,最乐意说而且整天不停重复的一句话就是:“给我一个吻,一个响亮的吻……”

没想到他们房间的墙是那么的薄,终于有一天,门口出现了一张纸条,上面写着:“亲爱的女士,我深知你新婚不久,但你至少也得让你可怜的丈夫安静几天吧!”

旅馆太矮

有个人决定在旅馆过夜。

“一套房间收多少钱?”他问旅馆老板。

“一楼10元,二楼8元,三楼6元,四楼4元。”

这个人抬头看了看,转身就走。

“怎么,您嫌房租高吗?”老板追上来问。

“不,是旅馆太矮了,你们至少应该建六层。”

无可奈何

某人在一家豪华的旅馆住了一星期,因为成天要给服务员付小费,使他感到十分厌烦。这时,他又听见有人敲门。

“先生,您的电报。”

“你从门下面塞进来好了。”

“不行,先生。”

“为什么不行?”某人不耐烦地问。

“因为,”决心要小费的侍者应声说,“电报是放在盘子里的。”

乞丐的床

一妇人在公园的一张长椅上坐下,四顾无人,便把腿伸直放在长椅子上松弛一下。

过了一会儿,一个乞丐走到她面前,说:“相好的,一起散步如何?”

“你好大的胆子。”妇人叫骂道,“我可不是那种勾三搭四的女人!”

“那么,”乞丐说,“你在我床上干什么?”

闭门大睡

一个流浪汉睡在海德公园的长椅上,公园管理员上前说:“喂,我要关门啦!”

流浪汉翻了个身,说:“很好,伙计,注意别弄得太响,好吗?”

情况属实

一位旅客匆匆下楼到旅馆大厅结账。他必须在15分钟内付完账赶到车站。他忽然想起忘了拿一样东西。"喂,服务员!"他说,"你赶快上楼看看,我是不是把一包东西忘在房间的桌子上了。"

旅客心急火燎地等了5分钟,服务员下楼来,说:"不错,您放心走吧,那包东西确实在您房间的桌子上。"

占便宜

某先生在一家具店与女老板神侃,便宜买得一套沙发,甚是得意。

次日,他又如法炮制,再去买一张床。

女老板终于回过神来,恼羞成怒地吼道:"你这人真不知足,先在沙发上占了我的便宜,现在又想在床上来占我的便宜!"

关　窗

妈妈:"娜塔莎,把窗关上,外面太冷。"

娜塔莎:"我把窗关上,外面就不冷了吗?"

关　灯

妈妈:"儿子,去看看你房间的灯关了没有。"

儿子:"妈妈,房间里太黑了,我看不见。"

伤心的故事

有3个人来到纽约度假。他们走进一座高层旅馆，订了一个套间。房间是在大楼的第45层。

傍晚，3人外出看戏，回到旅馆时已是夜深人静了。

“真对不起！”旅馆服务员说，“今晚我们所有的电梯都出了毛病。若诸位不打算徒步回房间的话，我们会想点办法，给你们在大厅找个安顿的地方。”

“不必，不必，”汤姆说，“太谢谢您了。我们不想在大厅里过夜。自己走上去就可以了。”然后，他转过身子对两位同伴说：“爬上45层楼，谈何容易。不过我知道怎样使难变易。爬楼梯时，我负责给你们讲笑话；安迪，你给咱们唱几首歌；彼德，你给咱们讲几个有趣的故事。”

于是，3人启程往上走。汤姆讲笑话，安迪唱歌。好不容易爬到了第34层，大家疲惫不堪，决定先休息一下。

“喂，彼德，现在该轮到你了。”汤姆说，“一路上笑话听过了，歌也听过了。你给咱们讲个长一点的故事，情节要有趣味，最后来个使人伤心的结尾。”

“那我就照你们的要求，讲一个使人伤心的故事。”彼德说，“故事不长，却使人伤心极了：我们把房间的钥匙忘在大厅了！”

房　租

一个小姐到城里租房住。年轻的男房主交给她两把钥匙，说：“为了安全，还是多配一把钥匙好。”

小姐把其中一把钥匙交给年轻的男主人，说：“这是我每个月的房租。”

爱迪生的别墅

爱迪生有一幢避暑别墅，他为此感到非常自豪，喜欢陪同来访者到这里参观，向他们介绍室内各种各样的节省劳动力的设备。其中有一个地方，来访者必须经过一个绕杆才能走过去，而转动绕杆要费很大力气。

一个客人问爱迪生：“为什么周围都是一些新发明，而这里却摆了这个笨重的绕杆?”

爱迪生回答说：“喔，你瞧，每个从绕杆转过来的人都往我屋顶的水箱里抽了 8 加仑的水。”

天堂里再见

某人给自己刚逝世的朋友送了一个花圈，飘带上写道：“安息吧，再见。”

事后，他觉得意犹未尽，便又打电话给殡仪馆：“请在‘再见’前面加上‘天堂里’，如果挤得下的话。”

第二天出殡时，他那个花圈的飘带上写着：“安息吧，天堂里再见，如果挤得下的话。”

欢迎狗光临

一位绅士写信给一家旅馆预订房间，并询问能否带他心爱的狗去。

旅馆老板回信道：“我干了 30 年，从来没有人打电话叫警察来驱赶一条捣乱的狗，也没有一条狗因吸烟烧着了床铺，更没有在狗的箱子里发现过一条旅馆的毛巾或毯子，我们当然欢迎狗的光临。”

大方的邻居

“你知道吗？在我6岁的时候，我就能靠弹钢琴挣钱了。”

“是在音乐会上吗？”

“不，是在家里。我的邻居答应我，只要我不弹琴，他就每周给我两美元。”

不一定

度假旅馆中，一个英俊的小伙子错进了一位老太太的房间，他抱歉地说：“真对不起，我走错了房间。”

老太太说：“那倒不一定，不过是迟了40年罢了。”

谁懂各国语言

英国旅游者来到法国一家旅馆，看到门上写着这样一张告示：“本旅馆各国语言均适用。”他用英、德、俄语同经理交谈，可经理一言不发，似懂非懂。一个小时过去了，他还无法办理住房手续。最后，他用法语问道：“先生，您这里是谁懂各种语言呀？”

“旅客。”经理笑笑说。

哭比唱好听

一户人家因为孩子夜晚哭个不停，吵得大家都睡不着，妈妈哄了半天还是没办法，于是便拉开嗓子开始唱催眠曲。

过了一会儿，隔壁的邻居大叫："求求你不要再唱了，还是让孩子哭吧！"

睡不踏实

一女顾客在一家壁纸店里抱怨说："我丈夫夜里总是睡不踏实。"

老板说："您可以买森林图案的壁纸，绿色给人以非常安静的感觉。"

四个星期后，这位女顾客又来到了商店，老板问："效果如何？"

"太好了，现在他每天夜里睡觉都打鼾，可是我却睡不踏实了。"

烦人的邻居

经过检查，医生对病人说："您的病是可以治好的，夫人。只是您以后再也不要弹钢琴了。"

病人走后，护士吃惊地问医生："大夫，我怎么一点儿也不懂，这个病人的病和弹钢琴有什么关系？"

"当然有，"医生答道，"因为她就住在我家的楼上。"

总有理

甲："我的屋顶漏雨了。"

乙："那干吗不维修一下？"

甲："现在不行，天正下着倾盆大雨！"

乙："那天晴时干吗不维修一下？"

甲："天晴时又不漏雨，修它干吗？"

宾馆的留言

尊敬的客人:您好,欢迎光临人民宾馆。人民宾馆是乌有市最大的宾馆,按照国家三星级标准兴建,集住宿、餐饮、娱乐、洗浴、休闲等多功能于一体,交通便利,环境幽雅,是商务旅游人士理想的下榻之处。我们的口号是:人民宾馆人民建,建好宾馆为人民。欢迎您在留言本上写下您的宝贵意见和建议,以便我们做得更好。

(下面是留言)

哈哈,我第一个写。都什么年代了,还叫人民宾馆?土得掉渣!你们宾馆的品位怎么这么低,有点文化素养好不好?我看还是叫“大富豪”比较合适,够气派!(张三)

第一个很了不起吗?瞧你那德性,好像金砖砸到脚指头了。“大富豪”有什么文化?俗不可耐!凭我多年来走南闯北的经验,不如叫“霸中霸”好。(李四)

你们俩都是白痴!(一个小学没毕业的人)

人民宾馆人民建,建好宾馆为人民?笑话。农民算不算人民?民工算不算人民?下岗工人算不算人民?乞丐算不算人民?他们没钱可以住进来吗?建议你们的口号改为:人民宾馆人民建,建好宾馆为人民币。(一个有钱的民工)

蝴蝶海参、蟹黄银杏、红烧大鲍翅、生炒水鱼片、熊掌炖鹧鸪、核桃鹌鹑脯、炒梅花鹿丝、一品上汤官燕,中餐厅这几道菜色香味俱佳,特此表扬,就是价钱太贵了。(王

五)

又不是掏你自己腰包,心疼什么!(赵六)

西餐厅有几个服务员是典型的“太平公主”,害得老子没胃口吃饭,强烈抗议!要求你们三天之内换人,否则老子不来吃饭了!钦此。(我是皇帝我怕谁)

哈哈哈,笑死人!阁下是来吃饭还是来找奶妈?(我最恨皇帝)

芥末拌肚丝就是芥末拌肚丝,不要叫什么“情人眼泪”;黄豆芽炒绿豆芽就是一黄一绿俩豆芽,不要叫什么“勾勾搭搭”;还有什么“玉女脱衣”,分明就是去了皮的黄瓜嘛。拜托,风味餐厅的菜谱别搞得这么上火,行不?(吴七)

你们菜谱的标价违反了物价部门的规定。“大闸蟹每只15元”,一只有多重?大还是小?没写清楚。请总经理见字后马上与我联系,否则我打《乌有日报》的报料热线,搞你个灰头土脸!(朱八)

严正支持楼上的。(燕十三)

歌舞厅光线太亮,卡拉OK包房隔音效果太差,抗议!(苏十)

紧急留言:本人在歌舞厅丢失公文包一个,内有重要公文。如有拾得者,请速与168房金先生联系,有酬谢。

（金旺财）

活该！给陪舞小姐偷了吧？（旁观者）

今天，我看见一个头面人物和两个小姐从桑拿室走了出来。没错，一定是他。我给他送过钱，烧成灰我也认得！（一个被压迫的痛苦的人）

警察算什么？乱敲房门！下次老子和公安局长一起开房，看哪个敢敲门！（杜十一）

哎！真不知这是“留言本”还是“流言本”？

那是电话间

深夜里，一个喝得醉醺醺的游客回到了旅馆，径直走进电梯，随手按了几下键子。可等了半天，不见电梯关门，便不满地大声朝服务员喊叫起来：“喂，小姐，电梯坏了吗？”

“对不起，先生，电梯一切正常，您那儿是电话间。”

推荐旅馆

列车即将进入白城，维特教授问旁边的一位旅客：“您经常到这儿来吗？”

“是的，一年来好几次。”

“您能告诉我，哪一家旅馆最好吗？”

“波格旅馆。”

“您总是住在那里吗？”教授又问。

"不,别的旅馆我都住过了,只有波格旅馆还没有住过。"

报时钢琴

汉斯对朋友们夸口说:"我的钢琴真了不起,每当我疯狂演奏时,便会报出时间来。"

朋友们不信,汉斯便动手狂奏一番,这时,邻居的窗户打开了,一位老妇人大声叫嚷道:"别吵了,现在已经是凌晨二点了。"

说不清楚

一妇女对火车站站长说:"火车对我们影响太大了,火车过的时候,床都震动。"

站长不信,妇女让他躺上去试试。于是站长就在她的床上躺下了。正巧这时她的丈夫回来了。

丈夫大怒:"你为什么躺在我的床上?"

站长慌了:"我在等火车。"

钱不够买房子

男人说:"亲爱的,俺的钱目前不够买房子,咱俩也老大不小了,我们还是先领证结婚吧!都是我赚钱少,没能耐,以后我会玩命赚钱的,行吗?"

以下是女方几个版本的回答:

周星驰版——你在跟我说话吗?不是跟我说的吧,认错人啦。我是一个感情很现实的人,一个感情很现实的人如果和一个没有房子的人结婚的话,将会变得感情有缺陷，一个感情有缺陷的人，你就算永远地拥有她，也是没用的，所以没房子我不结婚。

琼瑶版——你怎么能这样责备自己呢？你没有错。听着你这样无情地责备自己，我真的很心痛。虽然没有房子对我来说是一种折磨和煎熬，但是我愿意把煎熬当作幸福去感受，因为我一百个一千个一万个爱你。

古龙版——

女人面如死灰：“你终于说出来了。”

男人：“是。”

女人：“原以为我们处得这样好你不会这么说。”

男人：“我说了。”

女人：“没有商量的余地了吗？”

男人：“是。”

女人：“你不该说。”

说罢，一个乾坤猫爪将男人的手表取走，不见了踪影，空气中传来：“物归原主，分手！”

林黛玉版——女人梨花带雨地哭了起来，哭得飞沙走石、昏天黑地，哽咽着说：“哥哥还是找个有金有银、有权有势、有房有车的大户小姐娶了吧，也免得和我这苦命女人受苦……”

赵本山版——有道是十二级台风不是吹的，四川盆地不是推的，喜马拉雅山不是堆的，葫芦岛也不是勒的，我脸上两个小酒坑儿也不是锥的。想让我没房子和你结婚，那是不可能的！

范伟版——你这么一说吧，我还真要仔细看看你，从头到脚，从裤子到袄，从心灵到外表，都觉得你是开玩笑呢，你是在忽悠我吧，愚昧，太愚昧！你老愚昧了你！知道不？

怕吵了自己

一人每晚打开家里的窗户在练习吹小号，邻居们意见很大。

一天，那人又在吹小号时，一邻居嚷道：“你不能关着窗户吹小号吗？”

“那不行，这样会吵了我自己。”

玛丽来了

一位年轻旅客深夜来到苏格兰乡村的一家小客店住宿。用过晚餐后，客店老板一边向客人道晚安，一边说：“不要忘了闩上您的房门，玛丽喜欢半夜散步。”

年轻旅客巴不得玛丽半夜走进自己的房间，于是干脆把门打开。两个小时后，他在睡梦中被弄醒了，只见一只硕大的母苏格兰牧羊狗正趴在他的身上舔他的头。

找错了

某人一日到母校转了转，看到一女生宿舍门上贴有几句留言，颇有趣：

“阿兰，对不起，请回电话。小余。”

“阿兰，我对你是真心的！不要折磨我了，见字回话。小余。”

“阿兰，逃避不是办法的，我等你。小余。”

“小余，你找错了宿舍。住客。”

你的妻子

维多利亚女王一次和她的丈夫发生冲突，丈夫生气闭门不出，女王来敲门，丈夫问："你是谁?"女王理直气壮地回答："女王。"屋里没有声音，女王又敲门，声音平和了一些："我是维多利亚。"里面仍是悄然无声。

最后女王柔情地说："亲爱的，开门，我是你的妻子呀。"

这时，门悄声地打开了。

出身不同

有一次，世界巨富洛克菲勒到一家旅店住宿，服务员殷勤地接待了他。可令服务员非常意外的是，这位大富翁在选择房间时，挑选了一个最廉价的房间。

服务员颇为困惑，于是就问他："尊敬的洛克菲勒先生，您的儿子每次来这里，挑选的都是最昂贵的房间，而您为什么却挑选最廉价的呢?"

洛克菲勒笑着回答说："他有一个身为百万富翁的父亲，而我却没有!"

巴不得

女房东对房客说："你要是不付钱，就别想离开这儿，明白吗?"

房客："明白了，太太。谢谢，太感谢了!"

难　题

儿子对老爸说："爸，我的女朋友对我说，除非我拥有奔驰轿车和一座两层小楼，否则就不嫁给我。"

老爸挠了挠秃脑瓜说："奔驰轿车好办，把你那辆劳斯莱斯卖了，起码可以买几辆奔驰。两层小楼倒是给我出了个难题，总不能把你那带电梯的五层洋房扒掉三层吧……"

招待所

一外地人到某地出差，想找招待所，便问路人："请问您知道招待所在哪儿吗？"

路人问："知道啊。你找赵大嫂干什么？"

"睡觉。"外地人回答说。

缺点和优点

房产经纪人对他的顾客说："诚实待客是我们公司的一贯宗旨。我们将向您介绍所有房子的优缺点。"

"那么这座房子的缺点是什么呢？"

"哦，这座房子的北面三里外的地方是一个养猪场。西面是两个污水处理厂，东面是一个化工厂，而南面则是一个酱制品公司。"

"那么，它又有什么优点呢？"

"那就是，您随时都能断定，今天刮的是什么风。"

我叫笨蛋

约翰事先没有打招呼就来到了朋友家，并打算在那里过夜。朋友抱歉地说："我无法给你提供一个单独的房间，但你可以和小猪一起睡，或是睡在客厅的地板上。"约翰说他愿意睡在地板上。

第二天早上，当约翰正在洗漱的时候，有一个金发女郎从他身边走过。

"喂！"约翰跟她打招呼，"你叫什么名字？"

"我叫小猪。你呢？"金发女郎说。

"噢……我叫笨蛋！"

快扔另一只鞋

有幢公寓楼，楼下住着一个老太太，楼上新搬来一个小伙子。小伙子在夜总会上班，每晚回家时已是深夜，懒得动手脱鞋，便两脚用力一甩，那鞋子随即画出两道弧线，'啪啪'两声，两只鞋子相继落在木地板上。这声音，把已在睡梦中的楼下老人震醒，使老人睡意全无，直到黎明才迷迷糊糊睡着。

连续几天晚上都这样，老人忍无可忍，他找到小伙子，向他说明情况。小伙子很通情达理，连连道歉，并保证以后决不再犯。

那天晚上，小伙子又是深夜才回家，他又是用力甩鞋，'啪'的一声，一只鞋子落地了，这时，小伙子猛然想起楼下的老人，想起自己的承诺。于是，他小心翼翼地动手脱下第二只鞋，轻轻地放在地板上，随后呼呼大睡。

此时，楼下的老人被第一只鞋子落地的声音惊醒了，坐起身，不敢合眼，提心吊胆地等着第二只鞋子落地。谁知一直没有动静，过了好大一会儿，老人忍无可忍，跑上楼去敲小伙子的门：

“小伙子，我等你两小时了，快扔另一只鞋子吧！”

难以入睡

一个司机把车停在路边，想睡一会儿。他刚躺在坐椅上，有人问几点了，他看看表说：“快八点了。”

他刚入睡，敲门声又响了起来：“先生，你知道时间吗？”他只得再次看看表，告诉他：“八点半了。”

因不断有人敲车门，他根本无法入睡，于是写了张纸条贴在车窗上：“我太瞌睡了！我不知道时间。”

司机再次躺下，过了几分钟，有个人一看纸条，敲敲车门，说：“喂，先生，现在是九点差一刻！”

“行”的笑话

同病相怜

有两位美国中年人在纽约一小巷碰头,两个人都是拖着左脚一拐一拐慢慢地向前走。当他们面对面时,第一个中年人看着第二个中年人的左脚,然后用一种同病相怜的语气指着自己的左脚,肃穆地说:

“朋友,越南,1969。”

第二个中年人举起右手指向身后答道:

“朋友,香蕉皮,后面 20 米!”

在阴凉处散步

一位胖太太正沿着街道散步,一个与她素不相识的小男孩紧紧地跟在她的后面。

“你这是干什么?”胖太太回过身问道,“你是有什么事情要问我吗?”

“不,夫人。我只是喜欢在阴凉的地方散步。”

处女心

女儿:“妈妈,我走过的那条路上,总有几个男子,呆呆地盯着我。”

母亲:“那么,为什么不换另一条路走呢?”

女儿:“换另一条路,那就没有人了!”

别数了

当凯特和丈夫与6个孩子一起驾车出去旅行时,她相信自己的这个大家庭准能引人注目。然而,当一辆有许多小脑袋瓜的旅行车从后面超过他们时,她吃了一惊。"那辆车上有多少个孩子?"一个孩子问道。

他们赶上那辆车时才发现,那车的后车窗上挂着一块小牌子,上面写着几个粗字:"别数了,一共14个!"

混水摸鱼

一对情侣结伴旅行。当他俩乘坐的火车穿过漫长的隧道出来以后,男的说:"如果早知道隧道这么长,我就会给你一个吻!"

"天哪!"女的惊叫起来,"刚才吻我的不是你吗?"

以包认路

一醉鬼踉踉跄跄地走来。他对正走过身旁的一少女问道:

"请告诉我,小姐。我的脑门上有几个包?"

"3个。"姑娘胆怯地回答。

"谢谢你。"醉鬼咕哝着,"到家之前还得碰5棵电线杆……"

引　诱

Y国绅士与F国女人同乘一个包厢,女人想引诱这个

Y国人,她脱衣躺下后就抱怨身上发冷。先生把自己的被子给了她,她还是不停地说冷。

"我还能怎么帮助你呢?"先生沮丧地问道。

"我小时候,妈妈总是用自己的身体给我取暖。"

"小姐,这我就爱莫能助了。我总不能跳下火车去找你的妈妈吧?"

地狱之路

一个人喝醉了酒,两次上错了公共汽车,第三次他总算上对了。在车上遇见一位神父,神父看到这人喝得醉醺醺的样子,便不以为然地在胸前画着十字,说:"我的孩子,荒于酒色,这是通往地狱之路!"

醉鬼:"怎么,难道我又上错车了?"

走路去的

乘客甲:"我是常常不买车票就到城里去的。"

乘客乙:"哦,是吗?我是铁路局的检查员,所以很想知道您是怎样做到这一点的。"

乘客甲:"嗯,我……我是走路去的。"

投其所好

全家驾车郊游。儿子坐在靠窗处。

——妈妈,妈妈!看,母牛!

——妈妈,妈妈!看,山羊!

——爸爸,爸爸!看,金发女郎!

半 价

旅游时，导游提醒大家买东西一定要还价，而且价钱最少要减一半才值得买。于是在以后的旅游中，旅游团在买东西时无往不利。

旅游结束时，导游说要收取每人300元钱的导游费，话音刚落，一名团员脱口而出：“150元！”

意外之财

两名旅客在郊游时车子抛了锚，于是他们来到附近一个村子投宿。一位漂亮的寡妇接待了他俩，并留他俩住了一夜。

一个月后，其中一个人收到一份法律文件，他看后立即兴冲冲地打电话给另外一个人：“那天我们郊游投宿在那寡妇家时，你是不是到她卧室去了？”

“是啊。”

“你是不是用了我的名字？”

“是啊，怎么了？”

“现在她死了，给我留下了一大笔遗产。”

真的闹鬼了

一群游客参观英国某古堡。

游客：“听说这里经常闹鬼？”

导游：“纯属胡说！我在这里很多年了，从来没见过什么鬼！”

游客：“原来如此，这我们就放心了……请问您在这儿有多少年了？"

导游："400 年了。"

游客："……"

最后一次

年轻的约翰在约会后，送玛丽回到家门口，然后热情地说："不和我吻别吗？"

玛丽矜持地说："对不起，我和男孩子第一次约会，是不会同他接吻的。"

"啊！"约翰锲而不舍地说："那么，最后一次呢？"

邮　路

一人去报考邮递员。

邮局工作人员问："你知道地球到太阳有多少公里吗？"

"什么？你们想让我跑这条邮路吗？"

化石的历史

一位导游带领参观团参观博物馆时说："这个玻璃盒子里的化石已经有两万零九年的历史了。"

有一个人很赞赏地问道："你怎么能如此精确地说出它的年代呢？"

"这很简单，"那个导游回答说，"我在这里工作了 9 年。我刚来时，它已有两万年的历史。"

度假日记

一位女作家的海上度假日记是这样写的：

第一天：我遇见了船长。

第二天：船长要我和他同桌共餐，我真荣幸。

第三天：船长带我四处去看，甚至还带我到驾驶室去。

第四天：船长带我看他的房间，向我提出了要求。这简直不像他这种身份的人做得出来的。

第五天：他又坚持了，还说如果我不答应，他就要把船弄沉。

第六天：我救了 700 人。

问　路

走路人问一个小女孩：“小妹妹，请问，这两条路，通到什么地方？”

小女孩回答说：“东边的一条，可以通往我的家；西边的一条，不通往我的家。”

不敢相信

孩子有时说的大实话，真叫人哭笑不得。小比利就是这样的一位。

上周，一位牧师到我们的小镇上主持布道会。会前，他想到邮局寄一封信，可是他不知道小镇的邮局在哪里。看到小比利在路旁玩，牧师就向他问路。在得到小比利的帮助后，牧师非常感激。

牧师说：“晚上如果你能到教堂来听我主持的布道，我很乐意向你指点通往天堂的路？”

小比利充满疑惑地抬头望了望他，说：“你连去邮局的路都不知道，怎么知道去天堂的路？”

心不在焉

教授：“我的鞋呢？”

学生：“在您的脚上！”

教授：“幸亏你看见了，要不我就得光着脚回家了。”

教授出差回来，妻子到火车站接他，发现教授脸色不大好。

妻子：“你脸色不好，晕车吗？”

教授：“我的座位背向车头，我不习惯这个方向。”

妻子：“那你为什么不和对面那人换个位子？”

教授：“没法换，对面没人。”

朋友：“您好，教授，您旅游回来了？”

教授：“是的，昨天才回来。”

朋友：“您是坐船还是乘飞机？”

教授：“我确实不知道，是我妻子买的票。”

教授乘坐一辆拥挤的公共汽车，手抓吊带，仍摇晃不定。

“先生，帮帮忙！”教授对身旁的乘客说，“我想要迟到了，你替我抓住吊带，让我看看时间好吗？”

送别

3位教授在火车站的站台上。他们正在聚精会神地谈话。火车进站了，他们都没有发觉。这时列车员大声喊道：“请上车了！”

教授们听到喊声后赶紧向火车跑去，两位教授刚登上火车，火车就开动了。另一位叫埃哈德的教授没能赶上，他看上去很着急。

教授的一个学生也在车站等车。他尽力安慰教授，说：“这还不是很糟，他们两个人上了火车。您要知道这已经不错了。”

教授说：“我知道，可我是来赶火车的，那两位朋友是来为我送行的。”

问自己

年轻漂亮的小姐在动物园闲逛着，最后停在猴子笼的前面。她很困惑地问管理员：“今天猴子们都跑到哪儿去了？”

“它们回到洞里去了，小姐，现在正值交配季节。”管理员回答说。

“假如我丢些花生米进去，它们会出来吃吗？”小姐又问道。

管理员搔搔头，说：“我不知道！小姐，若是换成你，你会出来吗？”

风景最美

某人非常喜欢爬山。一次，他去瑞士度假，请了一个当地人作向导，一起去爬一座高山。

在他们通过一处险要的地方时，向导对他说："小心点，先生，这里挺危险的，很容易掉下去。不过，如果你掉下去时，别忘了向右看，那儿的风景最美。"

胶卷没了

一个旅行家挂着照相机站在桥头，一个女人慌慌张张地跑过来喊道："快！先生，那边有人落水了。"

"哎呀，太遗憾了，我的胶卷已经照完了。"

称　谓

杰克到云南去旅游，在大理街上迷路了，他拦住一个姑娘问道："小姐，请问……"

那个姑娘白了他一眼："谁是'小姐'？你骂谁呢？"

杰克随即改口："同志，请问……"

"你这个人真老土！我们这里都叫金花。"

杰克游完大理又去了石林，这次他长了见识，见面很有经验地对导游说："金花，请问……"

导游扑哧笑了："你电影看得太多了吧，我们这里不叫金花，都叫阿诗玛。"

生死未卜

吉姆和凯罗一起去峡谷探险，突然，凯罗失足掉下山崖……

吉姆一见，赶忙大喊：“凯罗，你死了吗？”

凯罗回答说：“不——知——道！我还没有掉到底呢！”

百兽之王

欣欣到动物园去游玩，他问导游：“请问这里谁是百兽之王？”

导游回答：“动物园园长！”

乘出租车

一位教授外出旅行归来，在车站租车回家，到了家门口，司机对教授说：“先生，请付 15 元。”

教授摸摸口袋，抱歉地说：“对不起，先生，请你往后退一点，我只有 12 元钱。”

我叫阿土

阿土是位农民，从来没有出过远门。攒了半辈子的钱，终于参加一个旅游团出了国。

国外的一切都是非常新鲜的，阿土一个人住一个标准间，这让他新奇不已。

第二天早晨，服务生来敲门送早餐时大声说道：“Good

morning!”

阿土愣住了。这是什么意思呢？在自己的家乡，一般陌生人见面都会问：“您贵姓？”

于是阿土大声叫道：“我叫阿土！”

如是这般，连续三天，都是那个服务生来敲门，每天都大声说：“Good morning!”而阿土亦大声回答道：“我叫阿土！”但他非常生气，心想：这个服务生也太笨了，天天问自己叫什么，告诉他又记不住，真烦人。

终于，他忍不住去问导游，“Good morning”是什么意思，导游告诉他这是“早上好”的意思。

天啊！真丢脸。阿土反复练习“Good morning ”这句话，以便能体面地应对服务生。

又一天的早晨，服务生照常来敲门。门一开阿土就大声叫道：“Good morning!”话音刚落，服务生便叫道：“我叫阿土。”

有人帮看孩子

百货公司里人流如潮，这时忽然听到广播里传出：“哪位家长丢了一个穿黄色格子衬衫、蓝色牛仔裤的小男孩，请立即到服务台认领。”

只听旁边一个疲惫不堪的女子随即对身边的男子说：“亲爱的，趁着有人帮我们看孩子，赶紧再去买点蔬菜。”

欢迎你回来

一位旅行者来到一条乡间大道，见路边一个路牌上写着：“马路封闭，莫再前进。”他见前面没有什么障碍，自信旅行经验丰富，便照样前进。

不久，他走到一座断桥边，不得不回头。当他回到刚才设置路牌的地方时，见路牌的背面写着：“欢迎你回来，傻瓜！”

梦游症

牧师：“您丈夫经常在我布道的中间离开。对此我深表遗憾。”

布朗夫人：“您应该原谅他，他有严重的梦游症。”

速电告住址

有个人第一次去巴黎。到巴黎后，他叫了辆出租汽车来到一家旅馆，在那儿订好房间，换了衣服，就逛大街去了。

路上，他拐进一家电报局，给妻子发了一份电报，告诉她自己在巴黎的住址。这一天他走了许多地方，参观了几家博物馆，进出于几个大商场，晚上又去了戏院。

看完演出后，他决定回旅馆休息，可是却忘记了那家旅馆的准确地址了。于是他又来到电报局，给妻子发出第二份电报：“速电告我在巴黎的住址。”

换运动鞋

两个旅行者徒步穿越森林，遇到一只老虎。其中一人马上换上运动鞋。

另一人问：“这时候你还换什么鞋呀？赶快跑吧。”

这换鞋的人说：“我能跑赢你就行了。”

为什么跟着跑

在运动场上。

孩子:“爸爸,这些人为什么拼命地跑呢?”

爸爸:“他们在赛跑,第一名有奖。”

孩子:“第一名有奖,其余没有奖为什么也跟着跑呢?”

迷　路

农场收割时临时雇了位年轻的卡车司机帮忙。农场主告诉他要选定一个标志,以便辨认去农场的岔道。这位司机第一天上工,头两次往返农场都很顺当,第三次却迷了路。

“你没有选定什么标记好让自己记得在哪儿转弯吗?”农场主问司机。

“有哇,”他回答,“不过那些母牛都走了……”

搞笑标语

行走大江南北,各地的标语也成了一道幽默的风景,请看下面几条标语:

在西南某地看到:“放火烧山,牢底坐穿。”

在铁路上看到:“横卧铁轨,不死也要负上法律责任。”

某电厂门口大红字标语更绝:“严禁触摸电线,5 万伏高压,一触即死,违者法办!”

在中原某地的国道上看见的超劲爆的一条:“抢劫警车是违法的!”

有条保护光缆的标语是:“偷割光缆,讨死!”

华南某地就似乎没有这么粗俗："光缆无铜，偷盗有罪。""光缆不含铜，偷盗要判刑！"有个最最消极的："光纤没铜，偷也没用。"

归还农业贷款的标语："人死债不烂，父债子来还！"

在东北，估计当地招商引资有困难，看到的标语是："谁侵犯投资者，谁就是人民的罪人。"

华北某地："不娶文盲妻，不嫁文盲汉！"

普及义务教育的标语："养女不读书，不如养头猪！养儿不读书，就像养头驴！"

东南沿海某景区："违法越界观光，小心枪弹扫光。"

路边小店："吃饭补胎。"

南方某城市一草坪上立有一个牌子，第一行写着"开展创造"，第二行写："性的活动。"

一拐角处用白粉刷的标语是"投案自首是犯罪"，拐弯过去接着写道："分子的唯一出路。"

另一个经典的是：上面写"群众有困"，下面是"难找警察"。

某大城市新区大道两侧的旗帜："垃圾分类，从我做起！"

动物园标语："保护野生动物就是保护我们自己！"

一所大学的厕所里一条外国留学生写的标语让人觉得格外触目："中国同学，请你便后冲水！"

南方某镇内衣厂很多，产品畅销全世界。有段时间在镇政府围墙上刷了一条标语："发展内衣制造业是我们的基本国策！"

海外幽默告示

纽约一个儿童游乐园大门口的一块牌子上写着："成

年人必须在孩子陪同下方可入内。”

一个向公众开放的英国古堡，入口处贴着一张告示：“主人该使客人宾至如归，客人该注意这里并非家里。”

肯尼亚某天然动物园的告示中规定：“凡向鳄鱼池内投掷物品者，必须自己捡回。”

美国西海岸一条公路的急转弯处，有一告示如此写道：“如果你的汽车会游泳的话，请照直开，不必刹车。”

美国一家旅馆客房告示：“请勿在床上吸烟，否则落地的灰烬可能就是你自己。”

伦敦一家旅馆在所有盥洗室里贴有这样的告示：“客人们，请把你的歌藏在心底里，因为我们的墙壁并非你想象的那样厚实。”

加拿大阿尔伯特州某公园入口处一个告示牌：“请不要打扰里面的鸟，它们在此避难。”

美国科罗拉多一小酒馆挂出这样的告示牌：“情绪低落吗？来看看我们吧。”

最笨的人

博物馆新雇了一位守门人，他把博物馆的一切规定都读熟了。

一天，一位游客刚要进去，他拦住说：“先生，请你把伞放在门房里再进去。”

游客说：“我没有带伞。”

他说：“不行！那你赶快回去带一把伞再来。博物馆规定：凡是不把他的伞放在门房里的人，一律不准进去！”

差不多了

假期,一家人在旅行社的安排下,穿过美国最偏僻、最荒凉的地区之一。走了好几天,儿子问向导:"我们还能看到什么?"

"到现在为止,你们看到了什么?"向导问。

"什么都没有!"儿子回答。

向导说:"那么你们已经看得差不多了。"

死定了

有一人独自在丛林中冒险,突然发现自己被食人族重重包围,于是对天空大喊:"上帝啊,我死定了!"

只见天空出现一道光,传来一个声音:"还不一定,现在你捡起地上一颗大石头,把带头的酋长砸死!"

于是他捡起地上最大的石头,狠狠地砸向酋长,正好把酋长砸死。族人全都惊呆了,接着怒目相向。

这时天上又传来一个声音:"现在你才真的死定了。"

儿子长大了

一家人在沙滩晒太阳,一个美丽的少女走过,14 岁的儿子目不转睛地看着她远去。妻子用肘碰碰丈夫,低声道:"你的儿子长大了。"

几分钟后,一个少妇穿着泳衣在他们面前走过,丈夫禁不住为她的好身材投去欣赏的目光。妻子这时又用肘碰碰丈夫,低声责备道:"唉,别那么孩子气。"

总得站着

在马克·吐温讲学的旅程中，一天，他来到了一个小镇上。在吃饭前，他先到一家理发馆去刮脸。

“你是个异乡人吧?”理发师问道。

“是的，这是我第一次到这里来。”马克·吐温答道。

理发师接着说：“你来得可太巧了。今晚马克·吐温将要进行一次演讲，我想，你也会去吧?”

“噢，我……我想是的。”

“那你买票了吗?”

“还没有。”

“可票已经卖完了，看来你得站着。”

“太糟糕了!”马克·吐温叹了口气说道，“我从没交过好运，每当那家伙演讲时，我就得站着。”

巧开介绍信

1797年夏，法国革命家康斯坦丁·沃尔涅拜访美国总统乔治·华盛顿。沃尔涅为了获准周游美国各地，请求总统开一张介绍信。

华盛顿想：不开吧，让沃尔涅碰了个钉子；开吧，又叫我为难。于是他在纸上写道：“康·沃尔涅不需要乔·华盛顿的介绍信。”

服务态度不好

一位年轻的女士坐在抛锚的车里等待有人能给以帮助。终于两个男人来到她的面前。

“我的汽油用完了，你们能帮忙把车推到加油站吗？”女士请求道。

两名男士立即上前卖力地推车，这样他们推车越过了几个街区。过了一会儿，一个筋疲力尽的男人抬头一看，见他们刚刚路过了一个加油站。“你为什么不把车拐进去？”他大声喊道。

“我绝对不去那儿。”女士大声回答，“他们那儿的服务态度不好。”

救救岳母

一位游客冲进乡村小酒馆喊道：“谁来帮帮我，我的岳母陷进沼泽地里，已经快淹没她的双脚了。”

“淹到脚不用急，”一个农夫说，“我喝完这杯酒就去帮你把她拖出来。”

“多谢了，”游客说，“那我也喝一杯，边喝边等你。”

“去救她吧，”农夫喝完后说，“这会儿可能淹到你岳母的膝盖了。”

“肯定不会，”游客说，“刚才我忘记说了，她是头冲下栽进沼泽地里的。”

老板被堵

一日，某商店促销女士用品。一大早，一大群女士就排队等着开门，可是总有一个男人老向前挤，但一次又一次地被女士们推到后面。

那男人最后大声嚷道：“你们要是不让我过去，我就不开门了。”

转　圈

一个醉鬼正绕着一个圆桶不停地转圈。警察走到他的面前，问："喂！先生，您在这里干吗呢？"

"回家呀！这段围墙还挺长，等走到头我就可以往右拐了。"

愿　望

"亲爱的，你最大的愿望是什么？"

"我最大的愿望是你在三个地方吻我。"

"嗨！小事一桩！哪三个地方？"

"巴黎、威尼斯和巴哈马。"

没有鳄鱼

佛罗里达的海滩和蓝天，对一个来自北方的游客来说显得格外迷人。游客想去游泳，就问导游："你能肯定这里没有鳄鱼吗？"

"没有，没有。"导游微笑着回答，"这里没有鳄鱼。"

游客不再担心，他步入海里，畅游起来。尔后又问导游："你怎么那么肯定没有鳄鱼呢？"

"鳄鱼精灵得很，"导游答道，"它怕这里的鲨鱼。"

强化训练

负责训练的军官向新兵宣布："今天给大家带来一个好消息和一个坏消息。首先是好消息，今天早晨跑步由列兵布福德当标兵。"新兵们十分振奋,因为布福德是个大胖子,慢慢腾腾。

随后,军官继续讲:"下面是坏消息,列兵布福德骑摩托车。"

蹩脚的英语

"你到英国去旅游,你那蹩脚的英语一定给你带来不少麻烦吧?"

"不,我倒不觉得麻烦,感到麻烦的是英国人。"

特别交代

驾车旅游欧洲的女士站在希腊一处古迹的倒地石柱前拍照纪念。

"千万别把汽车拍进去,"她大声说,"不然我丈夫一定会说是我把柱子给撞倒的。"

感　悟

一对夫妻到湖边游览,看到一个画家长时间地在画板上画画,丈夫以无可争辩的口吻说:"你看,不买一部相机有多麻烦啊!"

不明白

一个城里人到乡下旅行,他特别欣赏那里洁净的空气。他说:"呼吸这样的空气对身体有好处,不像城里的空气有污染。"

“啊,”一个当地人说,“我不明白,人们为什么不把城市建在乡村呢?”

吹　牛

“我们去过的地方冷极了,”一位曾到北极探险的人吹嘘说,“冷得连蜡烛的火都凝固了,我们怎么吹都吹不灭。”

“这算不了什么,”他的竞争者说,“我们去过的地方更冷,话从嘴里一出来,就变成了冰块,我们必须把它们放到油锅里炸一下才知道刚才说了些什么。”

笨笨变聪明

父母带儿子第一次走进天体营。

儿子第一次见到男女裸体的情形,他发现,男人的宝贝有大有小,便指着它问这是为什么。父亲感到很尴尬,便解释说:“小的表示他是笨笨的,大的表示他是聪明的。”

这天下午,父亲在到处找妻子,便问儿子有没有看到妈妈。

儿子回答说:“10 分钟前我看见了妈妈。当时她和一个男人在一起,很奇怪,那个男人开始看起来笨笨的,很快他就变得越来越聪明了。”

一半留在家里

在一列开往巴黎的火车车厢里,新上来一位太太和她的 4 个孩子,孩子们在车上又蹦又跳,吵吵闹闹,一分钟也坐不住,旁边一位旅客不耐烦地说:“出门旅行,不应该把孩子全部带出来,至少要留一半在家里。”

太太解释道:“您说得对,先生,我正是这样做的。”

沙漠三人行

在沙漠里有3个人,分别是A国人、B国人和C国人。走着走着,发现了一个瓶子,当他们拾起来时,里面出来了一个神仙。神仙对3个人说:“谢谢你们救了我,我会满足你们每人3个愿望。”

A国人说:“我要很多钱!”于是神仙满足了他的愿望。他又说:“我要更多的钱!”神仙又满足了他的愿望。最后他说:“送我回A国!”于是他回到了A国!

B国人说:“我要女人!”于是神仙满足了他的愿望。他又说:“我要更多的女人!”神仙又满足了他的愿望。最后他说:“送我回B国!”于是他回到了B国!

C国人说:“我要一瓶白酒!”于是神仙满足了他的愿望。他又说:“我再要一瓶白酒!”神仙又满足了他的愿望。最后他说:“我一个人在这里很寂寞,把他们两个人弄回来!”于是神仙又把A国人和B国人带回了沙漠,然后消失了。

A国人和B国人气惨了,对C国人大发雷霆,但是回都回来了,也没办法了,只好跟着C国人继续往前走。

走啊走,他们又看见一个瓶子。B国人把它捡了起来,瓶子里又出来一个神仙,他说:“我是前面那个神仙的弟弟,我法力没他高,只能满足你们每人两个愿望,谁先说?”A国人和B国人怕C国人又把他们弄回来,就让C国人先说。

神仙问C国人:“你要什么?”C国人说:“先弄瓶白酒喝喝。”神仙给他了。C国人慢悠悠地喝完酒,神仙又问他:“还要什么?”C国人说:“暂时不要了,你走吧。”神仙砰的一声不见了。

A 国人和 B 国人差点昏过去。

他们继续走啊走，又看见一个瓶子，A 国人和 B 国人同时扑过去。瓶子里又出来一个神仙，自称是前面两个神仙的弟弟，只能实现每人一个愿望。A 国人和 B 国人异口同声地说："C 国人说的都不算！"

神仙又问 C 国人："你的愿望呢？"C 国人说："我看 A 国人和 B 国人跟着我太苦了，叫他们回去吧。"神仙说："抱歉，他们说了，你说的都不算。"说完又不见了。

A 国人和 B 国人傻眼了。

他们继续走，突然又看见了一个瓶子，这次是 C 国人打开了它，里面又出来了一个神仙，说："我是前面几个神仙的弟弟，我没他们厉害，我只能满足你们 3 个人一个愿望，你们商量一下吧。"

A 国人和 B 国人看了 C 国人一眼，说："把这个家伙弄走，越远越好，我们再也不要看见他了。"

神仙看看 C 国人说："他们叫我把你弄走，你想去哪？"C 国人说："这样啊，那你先送我回家吧。"神仙把 C 国人送回家，然后砰的一声消失了。

A 国人和 B 国人彻底傻了……

一人上镜头

两个记者在森林中拍摄熊吃鱼的镜头，忽然熊发现了他们并向他们冲过来，两个记者拼命地跑，最后都跑不动了。

一个记者说："我们怎么办？"

另一个记者说："我也不知道，不过我们中的一个要上镜头了……"

泼水节

某人去旅游,正好赶上傣族的泼水节。

"谁泼我的?"他像落汤鸡一样高声大叫。

导游赶紧解释说:"这是一种民族风俗,用水泼您,那是喜欢您!"

"喜欢我? 再喜欢也不能用开水啊!"

更苦的背景

地质系的学生野外考察时,在沙漠里迷路了。没有绿荫,没有水,干渴难忍。

一个学生坐在沙堆上,手掩着脸哭起来。

教师劝他:"忍一忍吧,大家都很难受。"

另一个学生对教师说:"让他哭,他比我们更难受,因为他从小生活在河边。"

头发更年长

史密斯先生到法国巴黎旅游。一天,他在大街上看到一个奇怪的人:此人头发长得雪白,而胡子却黑漆漆的。他好奇地上前问道:"为什么您的头发这么白,而胡子却这样黑呢?"

那人回答:"这有什么奇怪? 我的头发比我的胡子年长 20 岁,能一样吗?"

快乐的原因

先生要带太太去欧洲玩一个月，告诉她将要去看巴黎的圣母院，意大利的水城威尼斯……问太太怎么样。

太太听得眉开眼笑，说："我真是太开心了，我盼望了那么久，想想看，整整一个月我都不用煮饭，做家务……"

不信教的理由

牧师到教区调查非教徒不肯入教的原因，其中有个问题是："你为什么不信天主教?"

有个妇女填好表寄来，她的理由是："身体太胖，不能飞上天堂。"

不近人情

30 年来，约翰每天早上 9 点上班，从来没有迟到过。因此，当有一天 9 点已过但约翰却还没有到的时候，大家都觉得万分惊奇。所有人都停止了工作，老板一边看表一边嘀咕着跑到走廊上看个究竟。

最终，10 点的时候约翰出现了，他衣着不整，鼻青眼肿，眼镜也歪掉了。他痛苦地跛着走到打卡机处打了卡。意识到所有的人都在看自己，他解释道："我在地铁那里绊倒了，从两个楼梯处滚了下来，差点送掉了性命。"

老板听后问道："滚下两个楼梯难道就用了你一个小时吗?"

三个人

两个年轻的牧师同骑一辆自行车在路上飞驰，被警察拦住了。

警察说：“你们没有觉得太快了一点吗？”

“不用怕，孩子，上帝和我们同在。”一个牧师回答。

“这样说来，我更要罚你们的钱了，因为3个不能同骑一辆自行车。”

减　肥

妻子从旅游地给丈夫拍了一封电报：“太神奇了！4个星期体重减轻了一半，我可以再呆多久？”

丈夫回电：“再呆4个星期。”

旅游奇遇

有一天，一个美国女子到巴黎旅游。她看到一个老头正在一所别墅的花园里浇水，干得十分认真。这位美国女子想，这么认真工作的园丁，在美国实在难找，现在，自己既然遇到了，为什么不带一个回去呢？

于是，她走到那个老头面前，问他愿不愿意去美国做园丁。她可以给他很高的工资，还可以负担他的旅费。她还把美国吹了一通，仿佛外国人去了都可以发财。

“夫人，”老头儿回答说，“真不巧，我还有另外一个职务在身，一时离不开巴黎。”

“你统统辞掉吧，我会给你补偿的。你除了当园丁，还兼营什么副业？是养鸡吗？”

“不是，”老头说，“我希望他们下次不要再选我，我才好接受你给的差事。”

“他们选你做什么呀？”

“选我做总统。”

“你是……”

为何不早说

一天，一醉汉走出波特曼酒店，上了出租车，对司机说：“希尔顿饭店 3 楼 701 房间。”

途中，司机发现醉汉把衣服一件一件全脱下了，便说：“先生，还没到你的房间呢！”

醉汉一听恼火地嚷道：“你为什么不早说呢？刚才我已经把皮鞋脱在门外了！”

导游的父亲

导游：“女士们、先生们！你们现在看到的这个文化宫是我父亲主持建造的。”

又到了一个建筑物前，导游介绍说：“这是政府大厦。附带提一下：这幢大厦是我父亲设计的。”

来到博物馆，导游喊道：“女士们、先生们！我们来看这具古代女尸。这女尸……”

“我们已经知道了，”一个游客打断他的话，说，“它是你父亲打死的！”

演　习

漂亮的导游小姐带队到部队营地参观，突然旁边一队士兵放了一排枪，小姐一惊之下倒入陪同的上尉的怀里。

导游小姐赶紧红着脸说：“真对不起，我被你们的枪声吓着了。”

上尉说：“没关系，你愿意看大炮演习吗？”

接吻的力量

一个小伙子和一个姑娘乘轻便马车外出。小伙子鼓起勇气向姑娘请求：“让我吻一下吧。”

同所有面临这种请求的年轻女孩子一样，姑娘非常吃惊。她问小伙子：“吻一吻有什么好处？”

“啊，”小伙子说，“它可以使人精神愉快，力量倍增。”

“查理，如果真如你所说的那样，接吻可以带来这么大的愉快和力量，我看，要是我们想早点回家，你最好立即去吻吻这匹老马。”

不再“涉足”

一个酒徒脚朝天手撑地，“走”进了酒吧，大声嚷道：“伙计，给我来一杯上等白兰地！”

掌柜的十分惊奇，问道：“你何苦这样走路呢？”

酒徒说：“我太太昨晚逼我发过誓——今后决不再涉足酒吧了，我要信守诺言。”

没有福气

丈夫：“晚上出门要小心，别碰上色狼。”

妻子：“如果你出门碰上女色狼怎么办？”

丈夫：“我哪有这么好的福气。”

旅游归来

朋友刚从欧洲旅游归来。

“要是你能跟我们同去就好了!”她满面春风地说道,“那简直是梦幻成真。那样的风景!那样的气候!那样的食品!那样的海滩!那样的博物馆……”她停顿片刻,深深地叹了一口气,然后不假思索地冲口而出:“我的天,回家多好!”

登机风波

一对夫妻气冲冲地赶到航空公司柜台前办理登机手续,因为座位所剩不多,他们拿不到相邻的机票。

那男的立即怒道:“我们是夫妻,为什么不能坐在一起?”

柜台服务员从容地答道:“先生,我们处理的是机位,不是床位。”

上层没有司机

在一辆双层公共汽车上。

杰克:“玛丽,下面太拥挤了,咱们上去吧!”

玛丽:“不,我不上去。”

杰克:“为什么?”

玛丽:“你真傻,难道你没看见上面没有司机吗?”

列车员女友

萨沙对哥们诉苦:“我的女朋友是列车员,可把我给折腾苦了!我整夜得给她摇床,床一停止摇晃,她就立马起来,把厕所锁上!”

火车比汽车快

教师:“汤姆,你能告诉我火车为什么比公共汽车跑得快吗?”

汤姆:“因为火车比公共汽车的轮子多。”

赶火车

旅游者:“我能赶上3点钟去伦敦的火车吗?”

检票员:“那要看你跑得多快了,火车是在15分钟前开走的。”

越界了

一队登山爱好者在向导的带领下开始了登山探险。出发后的第三天,一位队员说出了大家都不愿相信的事实:“我们迷路了!”他转身问向导:“你不是自称是美国最好的向导吗?”

“是的。”向导说,“我在美国,是最好的向导。可是我们已经越界了,我想现在我们已经进入了加拿大境内。”

三个吝啬鬼

3个苏格兰吝啬鬼到伦敦旅游，星期天上教堂做礼拜，礼拜完毕，开始募捐。眼看募捐的盘子离自己越来越近了，3个人都忧心如焚，恨不得立刻逃走。

就在募捐的盘子端到他们跟前的一刹那，其中一人当场晕倒在地，另外两人赶紧搀着他跑出了教堂。

争分夺秒休息

埃斯特夫人有3个很调皮的小男孩。一个夏日的夜晚，她正和孩子们玩“警察抓小偷”的游戏。由于小孩太能折腾，埃斯特夫人累得疲惫不堪。

一个孩子朝他母亲“开”了一枪，高声叫道：“砰！你死了。”母亲应声倒地，过了20分钟还没起来，一位邻居闻讯跑过来看她是不是跌伤了。

等邻居弯下身来，这位操劳过度的母亲睁开一只眼睛说：“嘘……别拆穿我。我一整天就只有这个空子能休息一会儿了。”

买　车

乔治：“爸爸，给我买一辆自行车吧。”

父亲：“给你买了自行车，咱们就没钱买电视机了。”

乔治：“不要紧，我可以骑车到奶奶家里看电视。”

允许爬树

在非洲一个国家野生动物园里，游客被允许爬树，而且在每棵树上都架有梯子。树旁竖着一块牌子，上面写着醒目的大字："如果犀牛来攻击你，请爬上两米半的高度；如果是大象来攻击你的话，至少要爬 4 米以上。"

到处都是山

哈瑞夫人从瑞士旅游回来，朋友问她："那儿的风景怎么样？"

她叹口气说："唉，上当了，那儿到处都是山，把风景全挡住了。"

正确的措词

丈夫对一起出游的妻子说："亲爱的，别扫兴了！每当看到一处风景优美的地方，请你用'真迷人'或者'天堂一般'之类的词语，而千万别再说'反正我们也买不起'了。"

狗才这样

一个到乡下旅游的游客，看到乡村美丽的景色，激动不已，她兴奋地问一农夫："你真的一生都住在这可爱的山林里，终日流连于迷雾之中，穿梭来往于花草之间吗？"

农夫说："我可没空。不过，我家的狗天天这样。"

没办法

多纳格尔到一座城市旅游，这天到市内游览，深更半夜才回到旅店。服务生抱怨说："先生，您到哪儿去了，这么晚才回来？"

多纳格尔叹口气说："这也不能怨我呀。我本想坐公共汽车早些回来，可我一上车，就见车里的一张告示上写道：必须把狗抱着。你说，我一个外地人，到哪儿去找一条狗呢？没办法，只好走路回来了。"

不巧

一对夫妇从欧洲旅游归来。

邻居问："去过威尼斯吗？"

"去过了。"妻子说，"可不巧正赶上那里所有的街道都进了水，人们不得不老是坐船，因此我们不敢在那里逗留。"

蜂巢

一对夫妇正在一幢旅馆中度蜜月。第一天早晨，年轻的丈夫走过通道进入浴室，他的新娘觉得他好像去了很久，于是出来找他。当她来到浴室时，便举手敲门，但是没有人回答，于是她大声喊道："蜜糖！是我，你的女王。亲爱的，回答我。"

依然无应声。但是她听见浴室里好像有人，于是又大声喊着同样的话。接着，传来一个愤怒的老头子的如雷吼声："太太，这是浴室，不是蜂巢！"

误　会

妻子喜欢跑步,但路上常有些狗向她乱叫。丈夫只好在妻子跑步时骑自行车尾随在后,手持一根木棍,以便打狗。

然而,路旁的人看见这情景,看看前面跑着的妻子,又看看手持木棍、骑着自行车的丈夫,都不禁叫道:"这才是真正的虐待。"

接送之别

一个男子到车站接妻子。

妻子:"你能不能笑一笑? 瞧人家那对夫妻有说有笑多开心。"

丈夫:"他是来给她送行的。"

集体旅行

信仰复兴运动者说:"所有愿意到天国去的都站起来!"

除了一位先生外,大家都站了起来。

"您不愿意到天国去?"信仰复兴运动者问。

"当然愿意,但我不喜欢集体旅行。"

帽子戴反了

克劳斯喝得醉醺醺的踉跄着从酒店里出来。

"天哪,"站在门口的朋友索尔茨喊道,"你头上的帽子戴反了!"

"怎么戴反了?"克劳斯反驳道,"你根本就不知道我朝哪个方向走!"

我脑子没坏

一女议员在议会大厅的楼梯上不小心摔倒了。正好遇到总统走过来,总统将她扶起来。她感激地说:"总统先生,要我怎样感谢您呢?"

总统笑笑说:"下次选举时投我一票就好了。"

女议员赶忙说:"哦,总统先生,我摔坏的是膝盖,可不是脑子。"

把夫人丢了

大科学家爱迪生非常健忘。有一天,他和新婚妻子坐火车到旧金山,下车时他按老习惯清点了一下随身物品,然后走到出站口。检票员很熟悉他,向他打招呼:"爱迪生先生,您有没有把什么东西忘在车上了?"

"没有。"爱迪生回答。

"再想想,您总是丢三落四的。"检查员提醒道。

爱迪生突然一拍脑门:"不好,我把夫人丢在车上了。"

真有本事

新婚夫妇在度假胜地度蜜月,在海滨散步时,新郎一时兴起,对着大海吟诵拜伦的名句:"翻滚啊,你这深邃而碧绿的海洋,翻吧!"

新娘对大海凝视了一会儿,转过身来,无限仰慕地对丈夫说:“你真有本事,海浪真的翻起来了。”

一只鞋

有一天,一位老人在公共汽车上遇见一位嬉皮士,见他只有一只脚穿着鞋。

“先生,您掉了一只鞋?”老人问道。

“不,老头。”嬉皮士回答,“我找到了一只鞋。”

再路过一次

一个小伙子和心爱的姑娘手挽手、肩并肩在散步。当他们经过卖烤羊肉串的摊位时,空气中弥漫着醉人的香味。姑娘停住脚步,用恳求的目光望着小伙子。

小伙子问道:“喜欢吗?”

她的声音里流露出渴望:“那当然。”

于是,小伙子说:“那我们回头再路过一次。”

爱国者

帕瑞想开车到邻国西班牙度假,可他开到郊外时迷路了,于是他问附近一个加油站的加油工人:“先生,请问我如何才能离开法国?”

那名加油工人顿时大怒,朝他吼道:“法国有什么不好吗?!”

风雨之夜

在一个风雨交加的夜晚,面包店的老板正准备关门。

这时，来了一个人，他要买两个甜卷。老板感到很吃惊，这种天气还有人为甜卷跑出来，于是问道："您结婚了吗？"

"当然，你想我妈妈会在这种天气把我赶出来吗？"

告　示

"你头上那个肿块是怎么回事？"某人问朋友。

"我要走进一座大厦时，看见门口有个告示，因为我近视，于是就凑过去，想看清楚。"

"告示上说些什么？"

"小心：门向外开！"

解决方法

夫妻二人吵打一完，很快和好如初，想一起出门走走。

妻子说："对不起！我把你的脸抓破了，若在路上遇到熟人，那多难为情。"

丈夫答："不要紧，我将家里的猫抱在手上逛街就行了。"

妻子代替狗

汤姆每天晚饭后都要带他的宠物狗去散步。这天，他的宠物狗死了，他很悲伤。晚饭后，他想了足足 10 分钟，然后问妻子：

"你愿意和我一起去散步吗？"

当靶子撞

早晨,一姑娘在乡间小路上学骑自行车。忽然发现前面有一老头,心里很慌张,不禁喊道:“老头,别动!”

老头果然站住。可是姑娘还是不偏不倚地把老头撞倒在地。

老头慢慢地爬了起来,对姑娘说:“原来你要我站住,是为了可以瞄准了当靶子撞呀!”

红灯停车

胖太太需要一些鼓励才能继续蹬健身自行车。丈夫在一旁说:“你闭上眼睛,想象着是沿着纽约的百老汇大街在骑车。这样比较有趣。”

得到这个灵感,她继续蹬下去。但是仅仅一分钟她又停下来了。丈夫问她:“怎么啦?”

她回答说:“遇红灯了。”